शरतचन्द्र

शरतचन्द्र का जन्म 15 सितम्बर, 1876 को हुगली, पश्चिम बंगाल के देवानंदपुर में हुआ। उनकी प्रमुख कृतियाँ हैं—'पंडित मोशाय', 'बैकुंठेर बिल', 'मेज दीदी', 'दर्पचूर्ण', 'श्रीकान्त', 'अरक्षणीया', 'निष्कृति', 'मामलार फल', 'गृहदाह', 'शेष प्रश्न', 'देवदास', 'बाम्हन की लड़की', 'विप्रदास', 'देना पावना', 'पथेर दाबी' और 'चरित्रहीन'।

'चरित्रहीन' पर 1974 में फिल्म बनी। 'देवदास' पर तीन बार फिल्म का निर्माण हो चुका है। इसके अतिरिक्त 'परिणीता' पर दो बार और 'बड़ी दीदी' तथा 'मँझली बहन' आदि पर भी फिल्में बन चुकी हैं। 'श्रीकान्त' पर टी.वी. सीरियल का निर्माण हुआ।

निधन : 16 जनवरी, 1938

अनुवाद : विमल मिश्र

विमल मिश्र का जन्म 9 जनवरी, 1932 को हुआ। उन्होंने राँची विश्वविद्यालय से एम.ए. (हिन्दी) किया। 1950 से 1956 तक देवघर के एक मिडिल स्कूल में शिक्षक रहे। 1956 से 1965 तक देवघर कॉलेज, देवघर में असिस्टेंट लाइब्रेरियन और 1965 से 1997 तक कोलकाता के एक विख्यात हायर सेकंडरी स्कूल में शिक्षक रहे। कई पत्र-पत्रिकाओं में उनकी कहानियाँ व कविताएँ प्रकाशित हुईं। उन्होंने कोलकाता प्रवास काल में बांग्ला की तीस श्रेष्ठ कृतियों का अनुवाद किया। उन्हें बांग्ला से हिन्दी में अनुवाद के लिए 1981 में निखिल भारत बंग साहित्य सम्मेलन के 'देश' तथा 1986 में राजभाषा विभाग, बिहार सरकार के पुरस्कार से सम्मानित किया।

निधन : 2015

देवदास

शरतचन्द्र

अनुवाद
विमल मिश्र

राधाकृष्ण पेपरबैक्स

राधाकृष्ण पेपरबैक्स में
पहला संस्करण : 2012
चौथा संस्करण : 2024

राधाकृष्ण पेपरबैक्स : उत्कृष्ट साहित्य के जनसुलभ संस्करण

राधाकृष्ण प्रकाशन प्राइवेट लिमिटेड
जी-17, जगतपुरी, दिल्ली-110 051
द्वारा प्रकाशित

शाखाएँ : अशोक राजपथ, साइंस कॉलेज के सामने, पटना-800 006
पहली मंजिल, दरबारी बिल्डिंग, महात्मा गांधी मार्ग, प्रयागराज-211 001
1, अनमोल सोराबजी संतुक लेन, धोबी तलाव, मरीन लाइंस, मुम्बई-400 002
वेबसाइट : www.radhakrishnaprakashan.com
ई-मेल : info@radhakrishnaprakashan.com

बी. के. ऑफसेट
नवीन शाहदरा, दिल्ली-110 032
द्वारा मुद्रित

मूल्य : ₹ 199

DEVDAS
Novel by Sharatchandra
Translated by Vimal Mishra

ISBN : 978-81-8361-514-3

भूमिका

यह है बांग्ला के सर्वश्रेष्ठ उपन्यासकार शरत्चन्द्र चट्टोपाध्याय के बांग्ला उपन्यास 'देवदास' का नया हिन्दी अनुवाद। यों तो शरत्-साहित्य का हिन्दी अनुवाद पहले से ही बाजार में उपलब्ध था, फिर भी श्री अशोक महेश्वरी–प्रबन्ध निदेशक राजकमल प्रकाशन समूह–ने सम्पूर्ण शरत्-साहित्य का नए सिरे से हिन्दी में अनुवाद कराने का बीड़ा उठाया। उन्हें यह जानकारी मिली थी कि बाजार में पहले से उपलब्ध शरत्-साहित्य का हिन्दी अनुवाद शुद्ध और सम्पूर्ण नहीं है। मैं उनका आभारी हूँ कि उन्होंने यह महत्त्वपूर्ण कार्य करने की जिम्मेदारी मुझे सौंपी। शरत्-साहित्य का अनुवाद करके मैं अपने आपको गौरवान्वित महसूस करता हूँ और इस बात पर गर्व करता हूँ कि हिन्दी में श्री अशोक महेश्वरी जैसे प्रकाशक हैं। अगर वे यह प्रयास नहीं करते तो हिन्दी-जगत् को यह मालूम भी नहीं होता कि हिन्दी-साहित्य भंडार में शरत्-साहित्य का जो अनुवाद उपलब्ध है, वह गलत है और सम्पूर्ण नहीं है; और हिन्दी पाठक अनुवादों को पढ़कर सोचते कि उन्होंने शरत्-साहित्य पढ़ा है। हिन्दी-साहित्य के लिए यह कितनी बड़ी विडम्बना होती!

'देवदास' का यह नया अनुवाद मेरे द्वारा किए गए शरत्-साहित्य के अनुवादों की चौथी कड़ी है। 'देवदास' के पहले से उपलब्ध अनुवाद में वैसी ही गलतियाँ हैं जैसी 'चरित्रहीन', 'पथ का दावा' और 'श्रीकान्त' के अनुवादों में हैं। 'देवदास' के पहले से उपलब्ध अनुवाद में ऐसी-ऐसी गलतियाँ की गई हैं जिनके चलते 'देवदास' उपन्यास में अर्थ का अनर्थ हो गया है। आश्चर्य तो इस बात का है कि पिछले कई दशकों से यही अनुवाद छपता, बिकता और पढ़ा जाता रहा है।

मैं हिन्दी पाठकों, समीक्षकों और विद्वानों के लिए नीचे

'देवदास' के पहले से उपलब्ध अनुवाद के कई उद्धरण दे रहा हूँ, जिनको वे देखें और विचार करें :

(1) अनुवाद के पृष्ठ 44 पर पार्वती और यशोदा का संवाद है। यशोदा पार्वती की दिवंगत सौत की बेटी है, जो उम्र में पार्वती से बड़ी है। यशोदा अपने पिता भुवन चौधरी से इसलिए नाराज है कि उन्होंने पार्वती से दूसरी शादी की। अपने पिता की दूसरी शादी में शामिल होने के लिए वह मायके नहीं आई थी। पार्वती पर भी उसे गुस्सा है। पार्वती अपने सौतेले बेटे महेन्द्र को यशोदा को लिवा लाने के लिए भेजती है। गुस्से से भरी यशोदा किसी तरह मायके आती है। आते ही वह पार्वती को जेवर पहने देखती है। पार्वती उसे अपने पास बिठाती है और अपने सारे जेवर उतारकर उसे पहना देती है। जब यशोदा इसका कारण पूछती है तो पार्वती कहती है–'यह तुम्हारी बेटी की साध (इच्छा) है।' इस प्रसंग में पार्वती बार-बार उसे माँ और अपने आपको बेटी कहती है। बांग्ला में भी पार्वती उसे 'माँ' और अपने को 'मेये' कहती है; द्रष्टव्य–शरत् रचनावली भाग-2, पन्द्रहवाँ संस्करण, तूली कलम, 1 कॉलेज रो, कलकत्ता-9

यहाँ अनुवादक महोदय ने इसका उल्टा अनुवाद कर दिया है–यानी कि पार्वती को माँ और यशोदा को बेटी के रूप में अनूदित कर दिया है। यह सरासर गलत है। पार्वती यह जानती है कि अगर वह अपने आपको 'माँ' के रूप में पेश करेगी, तो यशोदा यह कतई स्वीकार नहीं करेगी। पार्वती विनम्रता से यहाँ तक कहती है कि उसके मायके में वह एक नौकरानी-जैसी है। पार्वती की विनम्रता, शालीनता, उदारता और पराए को अपना बना लेने की क्षमता को देखकर वह अभिभूत हो जाती है। उसका गुस्सा ठंडा हो जाता है और वह पार्वती को माँ कह बैठती है। इतना ही नहीं, यशोदा अपने भाई महेन्द्र से पूछती है–'सौतेली माँ इतना लाड़-प्यार कर सकती है?'

यह पार्वती के चरित्र का अति उज्ज्वल पक्ष है, जिसे अनुवादक महोदय ने नहीं समझा, इसीलिए जहाँ 'माँ' होना चाहिए था वहाँ 'बेटी' और जहाँ 'बेटी' होना चाहिए था वहाँ 'माँ' कर दिया। आम तौर पर बांग्लाभाषी लोग लाड़-प्यार में

बेटी को 'माँ' कहते हैं। मगर यहाँ शरत् बाबू ने पार्वती के चरित्र को ऊँचा उठाकर अन्य सौतेली माँओं को उससे उन्नीस साबित किया है।

(2) अब एक वाक्य देखिए। ध्यान रहे कि बांग्ला में 'होश' को 'ज्ञान' कहते हैं और 'इसीलिए' को 'ताई'। बांग्ला के 'ताई' शब्द का अर्थ है 'इसीलिए', 'इसी से' नहीं। 'इसीलिए' और 'इसी से' में जमीन-आसमान का फर्क है। इस बारे में मैं 'पथ का दावा' की भूमिका में विस्तार से लिख चुका हूँ। अतः चर्चित चर्वण करने की जरूरत नहीं। नीचे उद्धृत अंश देवदास का कथन है–

'मुझमें उठने की शक्ति नहीं है, इसी से यहाँ बैठा रहता हूँ...ज्ञान नहीं है, इसी से तुम्हारे मुँह की ओर देखकर बात करता हूँ चन्द–र।' तब भी ज्ञान नहीं हो पाता, तब भी एक ज्ञान रहता है।

पृष्ठ 45

(3) खाना-पीना नहीं, सोना नहीं, केवल बोतल के बोतल उड़ेल आता है। तीन-तीन, चार-चार दिनों तक कहाँ रहता है, कुछ पता नहीं। कितना ही रुपया फूँक डाला। सुना है, कई हजार रुपयों का तो उसके लिए गहना बनवा दिया है। *पृष्ठ 51*

(4) एक बड़े आदमी को पकड़ लाए थे, जो महीने में दो सौ रुपया, बहुत-सा गहना और दरवाजे पर पहरा देने के लिए एक सिपाही दे रहा था।

पृष्ठ 57

(5) मैं मूल उपन्यास से एक वाक्य उद्धृत कर रहा हूँ। यह वाक्य भूतकाल का वाक्य है, लेकिन इसका अनुवाद वर्तमान काल के वाक्य के रूप में कर दिया गया है–

केउ माताल होले तार ओपर बड़ो राग होतो

पृष्ठ 58, शरत् रचनावली, भाग-2, पन्द्रहवाँ संस्करण,
तूली कलम, 1 कॉलेज रो, कलकत्ता-9

अनुवाद–कोई मतवाला हो जाता है, तो उस पर बहुत गुस्सा आता है।

पृष्ठ 58

ऐसी ही गलती पृष्ठ 64 पर हुई है जहाँ वाक्य वर्तमान काल के हैं, मगर उनका अनुवाद भूतकाल के वाक्यों में कर दिया गया है।

(6) बांग्ला में है–

देवदास ताहार मुख पाने चाहिया घाड़ नाड़िया कहिलो देबो कि बौ।

पृष्ठ 72, शरत् रचनावली, भाग-2, पन्द्रहवाँ संस्करण, तूली कलम, 1 कॉलेज रो, कलकत्ता-9

अनुवाद–चन्द्रमुखी ने उसके मुँह की ओर देखते हुए सिर हिलाकर कहा–'दूँगा बहू।'

यहाँ यह ध्यान देने की बात है कि चन्द्रमुखी ने 'बहू' किसे कहा? दरअसल बात यह है कि देवदास चन्द्रमुखी को 'बहू' कहता था।

अन्त में मैं इतना ही कहूँगा कि अगर राजकमल प्रकाशन समूह शरत्-साहित्य का नए सिरे से अनुवाद नहीं कराता तो ये सब तथ्य हिन्दी पाठकों के सामने नहीं आते।

–विमल मिश्र

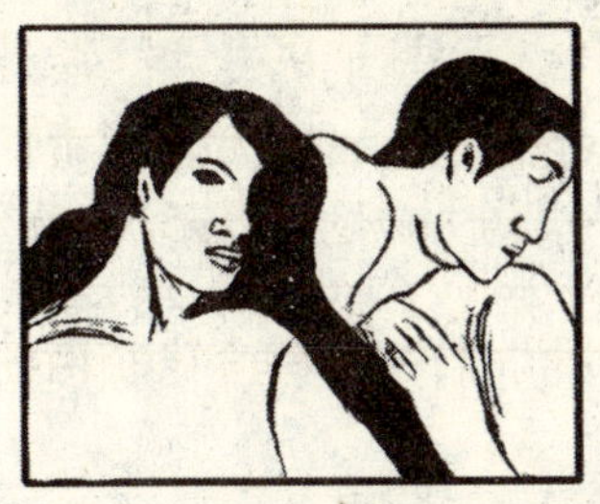

1

वैशाख का महीना था। एक दिन की बात है–दोपहर में धूप बहुत तेज थी। गरमी भी बेहद थी। ठीक उसी वक्त मुखर्जी खानदान का देवदास पाठशाला में कमरे के एक कोने में फटी चटाई पर बैठा हुआ था। उसके हाथ में स्लेट थी। वह कभी आँखें खोलता था, कभी मूँद लेता था, तो कभी पाँव पसारकर जम्हाई लेता था। अन्त में अचानक बहुत सोच में पड़ गया और उसने पल भर में यह तय कर डाला कि इतने बेहद खूबसूरत वक्त में पाठशाला में रुके रहने से बेहतर है मैदान में पतंग उड़ाते फिरना। उसके तेज दिमाग में एक तरकीब पनप उठी। वह हाथ में स्लेट लिये उठकर खड़ा हो गया।

पाठशाला में अभी टिफिन की छुट्टी हुई थी। बच्चे तरह-तरह की मुद्राएँ बनाते और शोरगुल करते हुए करीब के बरगद के पेड़ के नीचे गिल्ली-डंडा खेल रहे थे। देवदास ने उधर एक बार निहारा। उसे टिफिन की छुट्टी नहीं मिली थी। क्योंकि गोविन्द पंडित ने यह बहुत बार देखा था कि देवदास एक बार पाठशाला से बाहर निकलने के बाद फिर से पाठशाला वापस नहीं आता था। उसके पिता ने भी उसे टिफिन में पाठशाला से बाहर जाने देने से मना कर दिया था। विभिन्न कारणों से यह तय हुआ था कि इस वक्त वह मोनिटर भूलो की निगरानी में रहेगा।

अभी कमरे के अन्दर सिर्फ पंडित जी दोपहर में अलसाकर आँखें मूँदें सो रहे थे और मोनिटर भूलो एक कोने में टूटे पायोंवाली बेंच पर छोटा-मोटा पंडित बनकर बैठा हुआ था और बीच-बीच में बेहद उपेक्षा के साथ कभी बच्चों का खेल देख रहा था तो कभी देवदास और पार्वती की तरफ अलसाई नजरों से देख रहा था। पार्वती के पंडित जी की निगरानी में रहने को आए महीना भर हुआ। पंडित जी ने सम्भवतः इतने कम वक्त के अन्दर ही उसका बेहद मनोरंजन किया था। इसीलिए वह एकाग्र मन से बड़े धीरज के साथ सोए हुए पंडित का चित्र 'बोधोदय' के अन्तिम पृष्ठ पर स्याही से बना रही थी और कुशल चित्रकार की नाईं उसे

तरह-तरह से देख रही थी कि उसका बड़े जतन से बनाया चित्र पंडित जी से कितना मिलता-जुलता है। ऐसी बात नहीं थी कि वह चित्र पंडित जी से बहुत मिलता-जुलता था। लेकिन पार्वती इसी में काफी आनन्द और आत्मसन्तोष प्राप्त कर रही थी।

उसी समय देवदास हाथ में स्लेट लिये उठकर खड़ा हो गया और भूलो को पुकारकर कहा–"हिसाब नहीं बनता है।"

भूलो ने शान्त, गम्भीर मुँह से कहा–"कौन-सा हिसाब है?"

"व्यवहार-गणित का।"

"स्लेट देखूँ–"

मानो वह कह रहा हो कि यह सब हिसाब क्या है, बस, स्लेट उसके आने भर की देर है। देवदास ने उसके हाथ में स्लेट दी और करीब ही खड़ा हो गया। भूलो बोलकर लिखने लगा कि अगर एक मन तेल का दाम चौदह रुपया नौ आना तीन पैसा हो तो...

ऐसे समय एक घटना घटी। मोनिटर ने उस टूटे पायोंवाली बेंच को अपने ओहदे लायक बैठने की जगह बना लिया था और नियमानुसार आज तीन बरसों से रोज उसी पर बैठता आ रहा था। उसके पीछे चूने का ढेर था। इसे पंडित जी ने पता नहीं कब किस जमाने में सस्ते दामों में खरीदकर रखा था। उन्होंने सोचा था कि अच्छा समय आने पर इससे वे दूसरी मंजिल और बरामदा बनवाएँगे। यह पता नहीं कि कब वह शुभ दिन आएगा। लेकिन इस चूने के प्रति उनकी सतर्कता और हिफाजत की सीमा नहीं थी। दुनियादारी से अनजान और नतीजों से नावाकिफ कोई गरीब लड़का इसे जरा भी बरबाद न कर सके, इसलिए प्रिय पात्र और दूसरे लड़कों से बड़े भोलानाथ को इस हिफाजत से रखी चीज की सावधानी से रक्षा करने की जिम्मेदारी मिली थी और इसीलिए वह बेंच पर बैठकर इसको अगोरता रहता था।

भोलानाथ लिख रहा था–अगर एक मन तेल का दाम चौदह रुपया नौ आना तीन पैसा हो तो...अरे बाप रे–उसके बाद बहुत शोरगुल मचा। पार्वती बड़ी तेज आवाज में चिल्लाई और ताली बजाकर जमीन पर लोट गई। अभी-अभी जागे गोविन्द पंडित आँखें लाल किए एकबारगी उठकर खड़े हो गए; देखा पेड़ के नीचे बच्चे एक किनारे कतार बाँधे हो-हल्ला करते हुए भागे चले जा रहे हैं और तभी नजर आया कि टूटी बेंच के ऊपर उठे दो पैर हिल रहे हैं और चूने के अन्दर ज्वालामुखी की आग भड़क रही है। वे चिल्लाए–"क्या है, क्या है, क्या है रे!"

बतानेवालों में सिर्फ पार्वती थी, लेकिन वह तब जमीन पर लोट रही थी और ताली बजा रही थी। पंडित जी का विफल प्रश्न क्रोध में बदल गया–"क्या है, क्या है, क्या है रे!"

उसके बाद चूने से नहाया भोलानाथ चूने को हटाकर उठकर खड़ा हो गया। पंडित जी फिर चिल्लाए–"गँवार कहीं का, तू है। तो तू उसके अन्दर था!"

"ऐं–ऐं–ऐं!"

"फिर ऊपर से जबान लड़ाता है–"

"देवा साले ने धकेल दिया। ऐं, ऐं, व्यवहार गणित..."

'फिर जबान लड़ाता है, गँवार कहीं का!"

लेकिन दूसरे ही पल पंडित जी ने सारी बातें समझ लीं, चटाई पर बैठे और प्रश्न किया–"देवा ने तुझे धकेलकर गिरा दिया और भाग गया है?"

भूलो और भी रोने लगा–"ऐं ऐं ऐं..."

उसके बाद बहुत देर तक चूने को झाड़ा गया; मगर सफेद और काले रंग में मोनिटर कुछ भूत-सा दीखने लगा और तब भी उसका रोना बन्द नहीं हुआ।

पंडित बोले–"देवा तुझे चूने में गिराकर भागा है? क्यों?"

भूलो ने कहा–"ऐं–ऐं–ऐं..."

पंडित ने कहा–"मैं इसका बदला लूँगा।"

भूलो ने कहा–"ऐं–ऐं–ऐं–"

पंडित ने प्रश्न किया–"वह है कहाँ?"

उसके बाद लड़के मुँह लाल किए हाँफते-हाँफते वापस आए और बताया–"हम लोग देवदास को पकड़ नहीं सके। उफ, वह ऐसा ढेला फेंकता है कि..."

"तो तुम लोग उसे पकड़ नहीं सके?"

दूसरे लड़के ने पहले कही बात को दोहराया–"उफ, ऐसा..."

"चुप रह मुआ..."

वह घूँट निगलकर एक बगल हट गया। गुस्साए पंडित जी ने पहले पार्वती को खूब डाँटा, उसके बाद भोलानाथ का हाथ पकड़कर बोले, "चल कचहरी मालिक को बता आऊँ।"

इसका मतलब यह था कि वे जमींदार नारायण मुखर्जी से उनके बेटे की शिकायत करेंगे।

अब अन्दाजन दिन के तीन बजे थे। नारायण मुखर्जी बाहर बैठकर हुक्का पी रहे थे और एक नौकर उन्हें पंखा झल रहा था। यह देखकर कि पंडित छात्र के साथ बेवक्त आया है, वे कुछ विस्मित होकर बोले–"गोविन्द, क्या बात है?"

गोविन्द ने, जो जाति का कायस्थ था, जमीन पर माथा टेककर उन्हें प्रणाम किया और भूलो को दिखाकर सारी बातें विस्तार से बताईं। मुखर्जी जी विरक्त हुए, बोले–"ऐसी बात है, देखता हूँ, देवदास बेकाबू हो गया है।"

"मैं क्या करूँ आप हुक्म दें।"

जमींदार बाबू ने नली को रख दिया और कहा–"कहाँ गया वह?"

"सो तो नहीं मालूम। पर जो लड़के उसे पकड़ने गए थे उन्हें उसने ढेले मारकर भगा दिया है।"

वे दोनों ही थोड़ी देर तक चुप रहे। नारायण बाबू बोले–"जब वह घर आएगा तो जो करना है, करूँगा।"

गोविन्द छात्र का हाथ पकड़कर पाठशाला वापस गए और मुँह और आँखों की भाव-भंगिमा से समूची पाठशाला को आतंकित कर दिया और प्रतिज्ञा की कि देवदास का पिता इस इलाके का जमींदार है, तो भी वे उसे अब पाठशाला में घुसने नहीं देंगे। उस दिन पाठशाला में छुट्टी कुछ पहले ही हो गई। जाते वक्त लड़के बहुत सारी बातें कहने लगे।

एक ने कहा–"उफ, तूने देखा, देवा कितना ताकतवर है?"

दूसरे ने कहा–"उसने भूलो को अच्छा परेशान किया है।"

"उफ, कैसा ढेला फेंकता है!"

और एक ने भूलो की तरफ से कहा–"देखना, भूलो इसका बदला लेगा?"

"हुं, वह तो अब पाठशाला आएगा ही नहीं, फिर वह उससे बदला लेगा कैसे?"

इस छोटे-से दल की एक बगल पार्वती भी किताब-स्लेट लिये घर आ रही थी। उसने करीब के एक लड़के का हाथ पकड़कर पूछा–"मणि, देव भैया को सचमुच अब पाठशाला नहीं आने दिया जाएगा?"

मणि बोला–"नहीं, अब उसे हरगिज पाठशाला नहीं आने दिया जाएगा।"

पार्वती हट गई, यह बात उसे बराबर ही अच्छी नहीं लगती थी।

पार्वती के पिता का नाम नीलकंठ चक्रवर्ती है। चक्रवर्ती जी जमींदार के पड़ोसी हैं यानी मुखर्जी जी के बहुत बड़े मकान की बगल में उनका पुराना ईंटों का घर है। उन्हें दस-बारह बीघा जमीन-जायदाद है, दो-चार घर यजमानों के हैं। जमींदार के घर से भी उन्हें आशा-प्रत्याशा है–अच्छा खाता-पीता परिवार है, अच्छी तरह दिन गुजरते हैं।

पहले धर्मदास से पार्वती की मुलाकात हुई। वह देवदास के घर का नौकर है। आज देवदास बारह बरस का है, लेकिन जब वह एक बरस का था तब से

लेकर आज तक धर्मदास उसे पाठशाला पहुँचा दिया करता है और छुट्टी होने पर उसे साथ में लेकर घर आता है। यह काम उसने नियमानुसार रोज किया है और आज भी वह उसे लाने के लिए पाठशाला जा रहा था। जब उसने पार्वती को देखा तो बोला–"अरी पार्वती, तेरा देव भैया कहाँ है?"

"वह भाग गया है..."

धर्मदास ने बड़े अचरज में पड़कर कहा–"यह तू क्या कह रही है री? वह भाग गया है?"

तब पार्वती ने भोलानाथ की दुर्दशा की बात को याद करके फिर नए सिरे से हँसना शुरू किया–"देख धरम, देव भैया–" खी-खी-खी–"एकबारगी चूने के ढेर पर–" खी-खी, हो-हो–"एकदम चारों खाने चित कर..."

धर्मदास सारी बातें समझ नहीं सका, तो भी हँसी देखकर वह भी थोड़ा-सा हँस लिया, बाद में अपनी हँसी को रोककर उसने जिद करते हुए कहा–"बता न पारू, क्या हुआ है?"

"देव भैया ने धकेलकर गिरा दिया, भूलो को चूने के ढेर पर–" खी, खी, खी...

धर्मदास ने इस बार बाकी बातों को समझ लिया और बड़ा विस्मित हुआ, बोला–"पारू, तू जानती है, वह अभी कहाँ है?"

"मैं क्या जानूँ!"

"तू जानती है, बता दे। आह, उसे शायद भूख लगी होगी।"

'हाँ, उसे भूख तो लगी ही होगी, मगर मैं नहीं बताऊँगी।"

"तू क्यों नहीं बताएगी?"

"अगर मैं बताऊँगी, तो वह मुझे बहुत मारेगा। मैं उसे खाना दे आऊँगी।"

धर्मदास थोड़ा सन्तुष्ट हुआ, बोला–"खाना तो तू उसे दे आना। और उसे बहला-फुसलाकर शाम के पहले घर बुला लाना।"

"अच्छा, मैं उसे शाम के पहले घर बुला लाऊँगी।"

घर आकर पार्वती ने देखा, उसकी और देवदास की माँ, दोनों ने ही सारी बातें सुनी हैं। उससे भी यह पूछा गया। पहले तो वह हँसी, फिर गम्भीर होकर जितना कह सकी, कहा। उसके बाद उसने अपने आँचल में फरवी बाँधी और जमींदार के आम के एक बगीचे के अन्दर घुसी। वह बगीचा उसी के घर के करीब था और उसी में एक सुनसान बँसवारी थी। वह यह जानती थी कि छिपकर हुक्का पीने के लिए देवदास ने इसी बँसवारी के बीच थोड़ी-सी जगह को साफ करके रखा था। भागकर जब उसे छिपकर रहना पड़ता था तब वह यहीं आकर रहता

था। अन्दर घुसकर पार्वती ने देखा, बँसवारी के बीच देवदास हाथ में एक छोटा-सा हुक्का लिये बैठा हुआ है और बड़े-बुजुर्गों की भाँति हुक्का पी रहा है। उसके बड़े गम्भीर मुँह पर काफी चिन्ता का चिह्न प्रकट हो रहा है। जब उसे पार्वती दिखाई पड़ी, तो वह बहुत खुश हुआ, लेकिन उसने अपनी खुशी बाहर जाहिर नहीं की। हुक्का पीते-पीते गम्भीर भाव से ही उसने कहा–"आ।"

पार्वती करीब आकर बैठी। उसके आँचल में जो कुछ बँधा था, वह देवदास को फौरन नजर आया। कोई बात पूछे बिना उसने उसका आँचल खोला और फरवी लेकर खाना शुरू करके बोला–"पारू, पंडित जी ने क्या कहा री?"

"उन्होंने ताऊजी से कह दिया है।"

देवदास ने हुक्का नीचे रख दिया और आँखें फैलाकर कहा–"उन्होंने पिताजी से कह दिया है?"

"हाँ।"

"उसके बाद?"

"तुम्हें अब पाठशाला नहीं जाने दिया जाएगा।"

"मैं पढ़ना भी नहीं चाहता।"

इसी समय उसकी फरवी लगभग खत्म होने को आई। देवदास ने पार्वती के मुँह की तरफ निहारकर कहा–"दे, सन्देश दे।"

"सन्देश तो मैं नहीं लाई हूँ।"

"तो पानी दे।"

"पानी कहाँ पाऊँगी?"

झुँझलाकर देवदास ने कहा–"जब तू कुछ भी नहीं लाई है, तो तू यहाँ क्यों आई है? जा पानी ले आ।"

उसका रूखा स्वर पार्वती को अच्छा नहीं लगा, बोली–"मैं फिर नहीं जाऊँगी। चलो, तुम पानी पी आओ।"

"मैं क्या अभी जा सकता हूँ?"

"तो क्या तुम यहीं रहोगे?"

"यहीं रहूँगा, उसके बाद चला जाऊँगा..."

पार्वती का मन भारी हो गया। देवदास का आपात वैराग्य देखकर और बातचीत सुनकर उसकी आँखों में आँसू आ रहे थे। बोली–"देव भैया, मैं भी जाऊँगी।"

"कहाँ? मेरे साथ? धत्–ऐसा क्या हो सकता है?"

पार्वती ने सर हिलाकर कहा–"मैं जाऊँगी ही।"

"नहीं, तुझे जाने की जरूरत नहीं। पहले तू पानी ले आ।"

पार्वती ने सर हिलाकर कहा–"मैं जाऊँगी ही..."

"पहले पानी ले आ।"

"मैं नहीं जाऊँगी। मैं जाऊँगी तो तुम भाग जाओगे।"

"नहीं, मैं नहीं जाऊँगा।"

लेकिन पार्वती उसके कहे पर विश्वास नहीं कर सकी, इसीलिए वह बैठी रही। देवदास ने फिर से हुक्म दिया–"मैं कहता हूँ जा, पानी ले आ।"

"मैं नहीं जाऊँगी।"

गुस्सा करके देवदास ने पार्वती के बालों को पकड़कर झकझोरते हुए डाँटा–"मैं कहता हूँ–जा, पानी ले आ।"

पार्वती चुप रही। उसके बाद उसकी पीठ पर एक मुक्का पड़ा–"तू नहीं जाएगी?"

पार्वती रो पड़ी–"मैं हरगिज नहीं जाऊँगी।"

देवदास एक तरफ चला गया। पार्वती भी रोते-रोते एक बारगी देवदास के पिता के सामने आ पहुँची। मुखर्जी जी पार्वती को बहुत प्यार करते थे। बोले–"पारू, तू रो क्यों रही है बेटी?"

"देव भैया ने मुझे मारा है।"

"कहाँ है वह?"

"उस बँसवारी में बैठकर हुक्का पी रहा था।"

एक तो वे पंडित जी के आने से चिढ़े बैठे थे, दूसरे इस खबर ने उन्हें बिलकुल आगबबूला कर दिया। बोले–"देव क्या फिर हुक्का पीता है?"

"हाँ, वह हुक्का पीता है, रोज पीता है। बँसवारी में उसने अपना हुक्का छिपा रखा है..."

"तो तूने मुझे इतने दिनों तक क्यों नहीं बताया था?"

"इस डर से कि यह जानने पर देव भैया मुझे मारेगा।"

लेकिन बात ठीक ऐसी नहीं थी बल्कि उसने इस डर से कोई बात नहीं बताई थी कि बता देने पर कहीं देवदास को सजा न भुगतनी पड़े। आज यह बात सिर्फ गुस्से में आकर उसने बता दी है। अभी तो वह आठ बरस की है, अभी उसे गुस्सा बहुत ज्यादा है। लेकिन उसे गुस्सा था, इसलिए उसे सूझ-बूझ बेहद कम नहीं थी। घर जाकर वह बिस्तर पर लेटकर बहुत देर तक रोती रही, इसके बाद सो गई। उस रात उसने भात तक नहीं खाया।

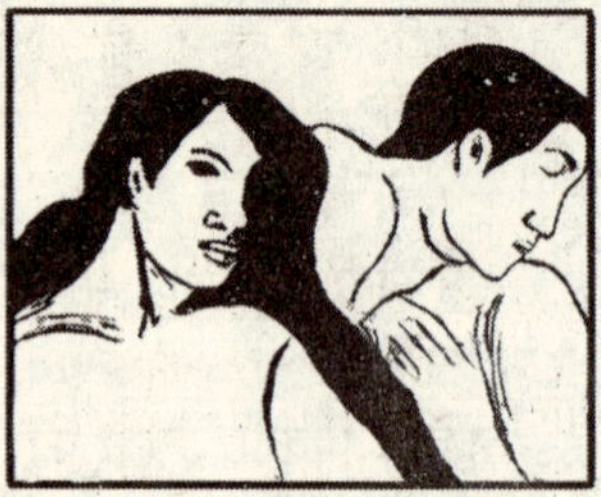

2

अगले दिन देवदास को बहुत मारा-पीटा गया। दिन भर उसे कमरे में बन्द रखा गया। उसके बाद जब उसकी माँ बहुत रोने-धोने लगी तब देवदास को छोड़ दिया गया। उसके अगले दिन वह भागकर आया और पार्वती के कमरे की खिड़की के नजदीक खड़ा हो गया, पुकारा–"पारू!" फिर पुकारा–"पारू।"

पार्वती ने खिड़की खोलकर कहा–"देव भैया!"

देवदास ने इशारे से कहा–"जल्दी आ।" जब दोनों इकट्ठा हुए, तो देवदास ने कहा–"तूने यह क्यों बता दिया कि मैं हुक्का पीता हूँ?"

"तुमने मुझे मारा क्यों?"

"तू पानी लाने क्यों नहीं गई?"

पार्वती चुप रही।

देवदास बोला–"तू बड़ी बुद्धू है। अब मत बताना।"

पार्वती ने सर हिलाकर कहा–"नहीं, अब नहीं बताऊँगी।"

"तो चल बंसी काट लाऊँ। आज बाँध में मछली पकड़नी है।"

बँसवारी के करीब एक नोना का पेड़ था। देवदास उस पर चढ़ गया। बड़ी मुश्किल से एक बाँस की फुनगी को झुकाकर उसे पार्वती को पकड़ा दिया और बोला–"देखना, तू इसे छोड़ मत देना। अगर तू इसे छोड़ देगी, तो मैं गिर जाऊँगा।"

पार्वती उसे जी-जान से खींचकर पकड़े रही। देवदास ने उसे पकड़कर नोना के पेड़ की एक डाल पर पैर रखा और बंसी काटने लगा।

पार्वती ने नीचे से कहा–"देव भैया, तुम पाठशाला नहीं जाओगे?"

"नहीं।"

"ताऊजी तुम्हें भेज देंगे।"

"पिताजी ने खुद कहा, मैं अब वहाँ नहीं जाऊँगा। पंडित घर आएगा।"

पार्वती तनिक चिन्तित हो उठी। बाद में बोली–"गरमी के चलते कल से हमारी पाठशाला सवेरे लगेगी। मैं अभी जाऊँगी।"

देवदास ने ऊपर से आँखें लाल करके कहा–"नहीं, तुम्हें जाने की जरूरत नहीं।"

इसी समय पार्वती जरा अन्यमनस्क हो गई, इतने में बाँस की फुनगी ऊपर उठ गई। और तुरन्त देवदास नोना के पेड़ की डाल से नीचे गिर पड़ा। चूँकि डाल ज्यादा ऊँची नहीं थी, इसलिए उतनी चोट नहीं लगी। मगर बदन में बहुत जगहों पर खरोंच लग गई। नीचे आकर गुस्साए देवदास ने एक सूखी बाँस की छड़ी उठा ली और पार्वती की पीठ पर, गाल पर, जहाँ-तहाँ जोर से मारकर कहा–"जा, दूर हो जा।"

पहले पार्वती खुद ही शर्मिन्दा हो गई थी, लेकिन जब छड़ी पर छड़ी लगातार पड़ने लगी तब उसने क्रोध और अभिमान से अपनी दोनों आँखों को आग की तरह लाल करके रोते हुए कहा–"मैं अभी ताऊजी के पास जा रही हूँ।"

देवदास ने गुस्सा कर उसे और एक बार मारा और कहा–"जा, अभी कह दे जाकर–बला रो।"

पार्वती चली गई। जब वह बहुत दूर चली गई थी, तब देवदास ने पुकारा–"पारू!"

पार्वती ने सुनकर भी अनसुना कर दिया। वह और भी तेजी से चलने लगी। देवदास ने फिर पुकारा–"ओ पारू, सुन जा न।"

पार्वती ने जवाब नहीं दिया। देवदास झुँझलाया, थोड़ा चिल्लाया, थोड़ा अपने मन में कहा–'खैर, जाए जहन्नुम में।'

जब पार्वती चली गई तो देवदास ने जैसे-तैसे दो-एक बंसी काट ली। उसका मन बिगड़ गया था। रोते-रोते पार्वती घर लौट आई। उसके गाल पर छड़ी का नीला दाग उभर आया था। पहले पहल वह दाग दादी को नजर आया। वे चिल्ला उठीं–"तुझे किसने ऐसा मारा पारू?"

आँखें पोंछते-पोंछते पारू बोली–"पंडित जी ने।"

दादी उसे गोद में लेकर बड़ी गुस्साकर बोलीं–"चल तो एक बार नारायण के पास चलूँ। देखती हूँ, वह कैसा पंडित है। आह, बच्ची को मार डाला है।"

पार्वती ने दादी के गले से लिपटकर कहा–"चलो!"

मुखर्जी जी के पास आकर दादी ने पंडित जी के बहुतेरे पुरखों का उल्लेख करके कहा कि वे परलोक में सुख-शान्ति से न रहें और भूखों मरें। अन्त में खुद गोविन्द जी को तरह-तरह की गालियाँ दीं और कहा–"नारायण, देख तो मुए की हिमाकत! शूद्र होकर ब्राह्मण की लड़की पर हाथ उठाता है। कैसा मारा है एक बार देख तो!" इतना कहकर गाल पर पड़े नीले दागों को वे बड़े दुख के साथ

उन्हें दिखाने लगीं।

नारायण बाबू ने तब पार्वती से ही प्रश्न किया–"तुझे किसने मारा है पारू?"

पार्वती चुप रही। तब दादी ने ही और एक बार चिल्लाकर कहा–"और कौन मारेगा भला? उसी गँवार पंडित ने मारा है।"

"उसने तुझे क्यों मारा?"

पार्वती ने इस बार भी बात नहीं की। मुखर्जी जी ने समझा, पार्वती ने कोई कसूर किया होगा, इसलिए मार खाई है। मगर ऐसा नहीं मारना चाहिए था। उन्होंने यही बात मुँह से भी कही। उनकी बात सुनकर पार्वती ने अपनी पीठ उघाड़कर कहा–"उन्होंने यहाँ भी मारा है।"

पीठ के दाग और भी साफ थे और भी भयंकर थे। इसीलिए दोनों ही बेहद गुस्सा हो गए। मुखर्जी जी ने ऐसी मंशा जाहिर की कि पंडित जी को बुलाकर वे इस बात की कैफियत पूछेंगे और यह तय हुआ कि ऐसे पंडित के पास बच्चों को नहीं भेजना चाहिए।

फैसला सुनकर पार्वती खुश हुई और अपनी दादी की गोद में चढ़कर घर लौट आई। पार्वती जब घर पहुँची तो उसकी माँ उससे पूछताछ करने लगीं। उन्होंने उसे पकड़कर कहा–"तुझे पंडित जी ने क्यों मारा है, बता?"

पार्वती बोली–"उन्होंने मुझे झूठमूठ में मारा है।"

माँ ने बेटी के कान जोर से मल दिए और बोलीं–"झूठमूठ में कोई कभी मारता है?"

उसी वक्त बरामदे से होकर सास जा रही थीं। उन्होंने कमरे की चौखट के पास आकर कहा–"माँ होकर अगर तुम झूठमूठ में मार सकती हो, तो भला वह मुँहजला नहीं मार सकता है!"

बहू बोली–"उन्होंने खामखा कभी नहीं मारा होगा। यह तो मैं जानती हूँ कि यह कितनी शान्त लड़की है। इसने कुछ किया होगा, इसीलिए इसने मार खाई है।"

सास झुँझलाकर बोलीं–"अच्छा मान लिया कि उसने कुछ किया होगा। लेकिन अब उसे मैं पाठशाला नहीं जाने दूँगी।"

"तब तो यह जरा भी नहीं पढ़ेगी-लिखेगी।"

"क्या होगा बहू? एकाध चिट्ठी-पत्री लिख लेना और रामायण-महाभारत की दो पंक्तियाँ पढ़ लेना ही काफी होगा। तुम्हारी पारू क्या जज बनेगी या वकील?"

आखिरकार बहू चुप हो गई। उस दिन देवदास बहुत डरता हुआ घर में

घुसा। पार्वती ने इस बीच सब कुछ कह दिया होगा, इसमें उसे कोई संशय नहीं था। लेकिन घर आने पर जब उसे इसका जरा-सा भी आभास तक नहीं मिला, बल्कि माँ से जब वह सुन पाया कि आज गोविन्द पंडित ने पार्वती को भी बहुत मारा है, इसलिए वह अब पाठशाला नहीं जाएगी, तब आनन्द के मारे वह अच्छी तरह खा नहीं सका। किसी तरह गटककर वह भागता हुआ पार्वती के पास आया और हाँफते-हाँफते बोला–"तू अब पाठशाला नहीं जाएगी?"

"नहीं!"

"ऐसे कैसे हुआ री?"

"मैंने कहा कि मुझे पंडित जी ने मारा है।"

देवदास बहुत हँसा, उसकी पीठ ठोंकी। अब अपनी राय जाहिर की कि उस जैसी बुद्धिमती इस दुनिया में और कोई नहीं है। उसके बाद उसने पार्वती के गाल के नीले दाग को बड़े जतन से धीरे-धीरे परखा और लम्बी साँस लेकर कहा–"आह!"

पार्वती तनिक मुस्कुराई और उसके मुँह की तरफ निहारकर बोली–"क्या है?"

"बड़ी चोट लगी है, न री पारू?"

पार्वती ने गरदन हिलाकर कहा–"हुँ।"

"आह! तू क्यों ऐसा करती है, इसीलिए तो गुस्सा आता है, इसीलिए तो मारता हूँ।"

पार्वती की आँखों में आँसू आए। पार्वती ने सोचा कि वह पूछे, मैं क्या करूँ? मगर वह पूछ नहीं सकी।

देवदास ने उसके सर पर हाथ रखकर कहा–"अब ऐसा मत करना, क्यों?"

पार्वती ने सर हिलाकर कहा–"नहीं, अब मैं ऐसा नहीं करूँगी।"

देवदास ने और एक बार उसकी पीठ ठोंककर कहा–"अच्छा अब कभी मैं तुझे नहीं मारूँगा।"

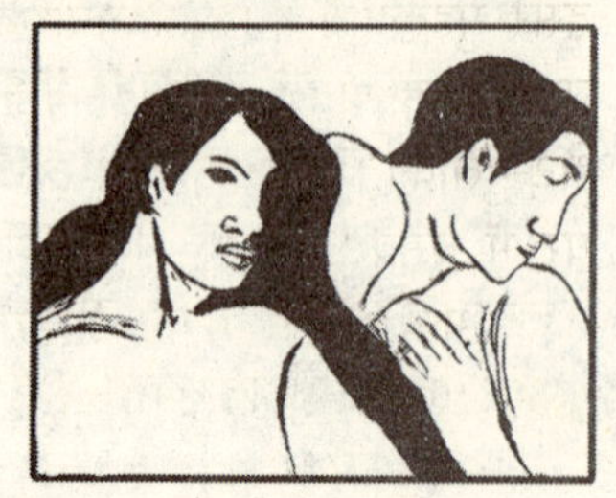

3

दिन पर दिन बीतते जाते थे। इन दोनों लड़के-लड़कियों की मौज-मस्ती की सीमा नहीं थी। वे दिन भर धूप में घूमते-फिरते थे और जब शाम को लौट आते थे, तो मार खाते थे। फिर सबेरे वे दौड़कर भाग जाते थे, और फिर डाँट-फटकार और मार खाते थे। रात को घोड़ा बेचकर सोते थे। फिर सुबह होती थी, फिर वे भागकर खेलते फिरते थे। खास कोई दूसरा संगी-साथी नहीं था, जरूरत भी नहीं पड़ती थी। मुहल्ले में जुल्म ढहाने और ऊधम मचाते फिरने के लिए दोनों ही काफी थे। उस दिन सूरज उगने के थोड़ी ही देर बाद दोनों बाँध में जा उतरे थे। दोपहर में आँखें लाल करके सारे पानी को गँदला कर दोनों ने पन्द्रह सौरी पकड़ी। योग्यतानुसार उन्हें बाँट लिया और घर लौट आए। पार्वती की माँ ने बेटी को बाकायदा मारा और कमरे में रोक रखा। देवदास की बात मैं ठीक-ठीक नहीं जानता, क्योंकि यह सब कहानी वह हरगिज जाहिर नहीं करता था। लेकिन पार्वती जब कमरे में बैठकर बहुत रो रही थी तब दिन के दो-ढाई बजे थे, तभी देवदास ने खिड़की के नीचे आकर बड़े मृदु स्वर में पुकारा था–''पारू, ओ पारू!'' पार्वती शायद उसकी आवाज सुन पाई थी, लेकिन गुस्सा करके उसने जवाब नहीं दिया था। उसके बाद उसने सारा दिन करीब के एक चम्पा के पेड़ पर बैठकर बिता दिया था और शाम के बाद बड़ी मेहनत-मशक्कत से धर्मदास उसे उतारकर ला सका था।

लेकिन ऐसा सिर्फ उसी दिन हुआ था। अगले दिन पार्वती सुबह से उत्सुकतापूर्वक देव भैया का इन्तजार करती रही। मगर देवदास नहीं आया। वह अपने पिता के साथ नजदीक के गाँव में दावत खाने गया था। जब देवदास नहीं आया तब पार्वती खिन्न मन से अकेले घर से बाहर निकल गई। कल बाँध में उतरते वक्त देवदास ने तीन रुपए पार्वती को रखने को दिए थे, इस डर से कि कहीं वे खो न जाएँ। वे तीन रुपए उसके आँचल में बँधे थे। अपने आँचल को घुमाती हुई और खुद घूमती हुई उसने बहुत वक्त अकेले गुजार दिया। कोई

संगी-साथी नहीं मिला क्योंकि तब सुबह-सुबह पाठशाला लगती थी। पार्वती तब दूसरे मुहल्ले चली। वहाँ मनोरमा का घर था। मनोरमा पाठशाला में पढ़ती थी। उम्र में वह पार्वती से थोड़ी बड़ी थी, लेकिन थी पारू की सहेली। बहुत दिनों से भेंट-मुलाकात नहीं हुई थी। आज वक्त मिला, तो पार्वती ने उस मुहल्ले में उसके घर में घुसकर पुकारा–"मनो घर पर है?"

मनोरमा की फूफी आहर आई।

"पारू?"

"हाँ, मनो कहाँ है फूफी?"

"वह तो पाठशाला गई है। तुम पाठशाला नहीं गई थी?"

"मैं पाठशाला नहीं गई थी। देव भैया भी पाठशाला नहीं जाता है।"

मनोरमा की फूफी ने हँसकर कहा–"तब तो अच्छा है! न ही तुम पाठशाला जाती हो और न ही देव भैया।"

"नहीं, हम दोनों में से कोई पाठशाला नहीं जाता है।"

"यह तो अच्छी बात है। लेकिन मनो तो पाठशाला गई है।"

फूफी ने पार्वती को बैठने के लिए कहा, मगर पार्वती लौट आई। रास्ते में रसिक पाल की दुकान के पास तीन वैष्णवियाँ तिलक लगाए हाथ में खँजड़ी लिये भीख माँगने चली जा रही थीं। पार्वती ने उन्हें पुकारकर कहा–"ओ वैष्णवी, तुम लोग गाना जानती हो?"

एक ने मुड़कर निहारा–"हाँ बिटिया, हम गाना जानती हैं।"

"तो गाओ न!"

तब तीनों ही मुड़कर खड़ी हो गईं। एक ने कहा–"गाना क्या यों ही होता है बेटी? भीख देनी पड़ती है। चलो, तुम्हारे घर जाकर गाऊँगी।"

"नहीं, यहीं गाओ।"

"तो पैसा देना होगा बेटी।"

पार्वती ने आँचल दिखाकर कहा–"पैसा नहीं, रुपया है!"

आँचल में बँधा रुपया देखकर वे दुकान से थोड़ी दूर जाकर बैठीं। उसके बाद खँजड़ी बजाती हुई तीनों ने आवाज मिलाकर गाना शुरू किया। क्या गाया गया, क्या उसका अर्थ है, पार्वती ने यह सब कुछ भी नहीं समझा। वह चाहती, तो भी वह हो सकता है, समझ नहीं सकती। लेकिन उसका मन उस पल देव भैया के पास दौड़ गया था।

गाना खत्म करके उन लोगों ने कहा, "क्यों बेटी, क्या भीख दोगी, दो न।"

पार्वती ने आँचल की गाँठ खोली और तीनों रुपए उनके हाथ में दिए। तीनों ही अचरज में पड़कर उसके मुँह की तरफ थोड़ी देर तक निहारती रहीं।

एक ने कहा–"ये किसके रुपए हैं, बेटी!"

"देव भैया के!"

"वह तुम्हें मारेगा नहीं?"

पार्वती ने जरा सोचकर कहा–"नहीं, वह मुझे मारेगा नहीं?"

एक ने कहा–"जीती रह बेटी!"

पार्वती ने हँसकर कहा–"तुम तीनों में से हरेक के हिस्से में एक-एक रुपया पड़ा है।"

तीनों ने ही सर हिलाकर कहा–"हाँ। हममें से हरेक के हिस्से में एक-एक रुपया पड़ा है। राधारानी तुम्हारा भला करें।"

इतना कहकर वे लोग उसे हार्दिक आशीर्वाद दे गईं; ताकि उस छोटी-सी दानी लड़की को सजा न भुगतनी पड़े। पार्वती उस दिन सवेरे-सवेरे घर लौट आई। अगले दिन सवेरे ही देवदास से उसकी मुलाकात हुई। उसके हाथ में एक परेता था, लेकिन पतंग नहीं थी। पतंग खरीदनी पड़ेगी। पार्वती को करीब पाकर उसने कहा–"पारू, रुपए दे।"

पार्वती का चेहरा मुरझा गया, बोली–"रुपए तो नहीं हैं।"

"क्या हुए रुपए?"

"रुपए तो मैंने वैष्णवियों को दे दिए हैं। उन लोगों ने गाना गाया था।"

"तूने सब रुपए उन्हें दे दिए हैं?"

"हाँ, मैंने सब रुपए उन्हें दे दिए। तीन रुपए तो थे!"

"धत् बुद्धू! सब रुपए क्या देने चाहिए!"

"वाह! वे तीन थीं। अगर मैं उन्हें तीनों रुपए नहीं देती, तो उन्हें क्या बराबर-बराबर का हिस्सा मिलता?"

देवदास ने गम्भीर होकर कहा–"अगर मैं होता, तो मैं उन्हें दो रुपए देता।" इतना कहकर उसने परेते से जमीन पर रेखा खींची और बोला–"तब उनमें से हरेक के हिस्से में दस आने तेरह गंडे एक कौड़ी एक क्रान्ति पड़ती।"

पार्वती ने सोचकर कहा–"वे लोग क्या तुम्हारी तरह हिसाब बनाना जानते हैं?"

देवदास ने व्यवहार गणित बनाना सीखा था। पार्वती की बात से खुश होकर वह बोला–"हाँ, तुम ठीक कहती हो।"

पार्वती ने देवदास का हाथ पकड़कर कहा–"मैंने सोचा था कि तुम मुझे

मारोगे, देव भैया।''

देवदास विस्मित हुआ–''मैं तुझे क्यों मारूँगा?''

''वैष्णवियों ने कहा था कि तुम मुझे मारोगे।''

उसकी बातें सुनकर देवदास बड़ा खुश हुआ और पार्वती के कन्धे के सहारे टिककर कहा–''धत्, जब तू कोई कसूर नहीं करती है तो क्या मैं तुझे मारता हूँ?''

देवदास ने शायद सोचा था कि पार्वती का यह काम उसके पेनल कोड के अन्दर नहीं पड़ता है। क्योंकि उन तीनों में से हरेक को एक-एक रुपया मिला होगा। खासतौर पर जिन वैष्णवियों ने पाठशाला में व्यवहार गणित बनाना नहीं सीखा था उन्हें तीन रुपए के बदले दो रुपए देने पर उन पर थोड़ा-सा जुल्म करना होता। उसके बाद वह पार्वती का हाथ पकड़कर पतंग खरीदने के लिए 'छोटा बाजार' की तरफ चला। परेते को उसने वहीं एक झाड़ी के अन्दर छिपाकर रख दिया।

4

यों ही एक साल बीत तो गया, लेकिन और बीतने का नाम नहीं ले रहा था। देवदास की माँ बहुत शोरगुल करने लगीं। उन्होंने अपने पति को बुलाकर कहा–"देवा तो मूर्ख किसान बन गया। तुम कोई न कोई उपाय करो।"

उन्होंने सोचकर कहा–"देव कलकत्ता चला जाए। वहाँ नगेन के डेरे पर रहकर वह अच्छी तरह पढ़-लिख सकेगा।"

नगेन बाबू रिश्ते में देवदास के मामा लगते थे। यह बात सभी ने सुनी। पार्वती यह सुनकर डर उठी। जब देवदास उसे अकेले में मिला, तो उसने देवदास का हाथ पकड़कर डोलते-डोलते कहा–"देव भैया, क्या तुम कलकत्ता चले जाओगे?"

"यह किसने कहा तुझसे?"

"ताऊजी ने कहा।"

'धत्, मैं हरगिज नहीं जाऊँगा।"

"और अगर वे तुम्हें जबरन वहाँ भेज देंगे तो?"

"वे मुझे जबरन भेज देंगे?"

देवदास ने इस समय मुँह का एक ऐसा भाव बनाया जिसे पार्वती ने अच्छी तरह समझा कि दुनिया में कोई भी ऐसा नहीं है जो उससे जबरन कोई काम करवा ले। वह भी तो यही चाहती है। अतएव उसने बड़े आनन्द से और एक बार उसका हाथ पकड़ा, और एक बार इस बगल उस बगल डोलकर उसके मुँह की तरफ निहारा और मुस्कुराकर बोली–"देखो, तुम चले मत जाना देव भैया।"

"मैं कतई नहीं जाऊँगा?"

लेकिन उसकी यह प्रतिज्ञा रही नहीं। उसके पिता ने बाकायदा बक-झककर यहाँ तक कि डाँट-फटकार और मारकर धर्मदास के साथ उसे कलकत्ता भेज दिया। जाने के दिन देवदास ने मन के अन्दर बड़ा दुख महसूस किया। चूँकि वह

नई जगह जा रहा है, इसलिए उसे जरा भी कौतूहल या आनन्द नहीं हुआ। पार्वती उस दिन उसे हरगिज छोड़ने का नाम नहीं ले रही थी। वह कितना रोई-धोई, मगर कौन उसकी बात सुनता! पहले अभिमान से थोड़ी देर तक उसने देवदास से बात नहीं की। लेकिन अन्त में जब देवदास ने बुलाकर कहा–"पारू, मैं फिर जल्दी आऊँगा। अगर वे मुझे नहीं भेज देंगे, तो मैं भाग आऊँगा।"

तब पार्वती ने प्रकृतिस्थ होकर अपने बाल-हृदय की बहुत सारी बातें उसे कह सुनाईं। उसके बाद देवदास घोड़ागाड़ी पर चढ़ा। लाड़-प्यार लिया, माँ का आशीर्वाद और आँसुओं की आखिरी बूँद को माथे पर बिन्दी की तरह लगाकर चला गया।

तब पार्वती को कितना दुख हुआ, कितनी आँसुओं की धाराएँ गालों से होकर नीचे गिरने लगीं, कितने अभिमान से उसका कलेजा फटने लगा, कुछ कहा नहीं जा सकता। पहले उसके कई दिन ऐसे ही बीते। उसके बाद अचानक एक दिन जब वह सवेरे उठी, तो देख पाई कि दिन भर के लिए उसके वास्ते करने के लिए कुछ भी नहीं है। इसके पहले जब से उसने पाठशाला जाना छोड़ा था, तब से लेकर अब तक सवेरे से लेकर शाम तक हो-हल्ला और हुड़दंग मचाया करती थी, उसके लिए न जाने कितना कुछ करने को था, सिर्फ वक्त पूरा नहीं पड़ता था। अभी बहुत वक्त था। मगर जरा-सा भी काम उसे ढूँढ़े नहीं मिलता था। सुबह उठकर किसी दिन वह चिट्ठी लिखने बैठती थी–चिट्ठी लिखते-लिखते दिन के दस बज जाते थे। माँ झुँझला उठती थीं। दादी सुनतीं, तो कहती थीं–"आह! चिट्ठी लिखती है, तो लिखने दो। सुबह भाग-दौड़ न करके पढ़ना-लिखना अच्छा है।"

फिर जिस दिन देवदास की चिट्ठी आती थी वह दिन पार्वती के लिए बड़े सुख का दिन होता था। हाथ में चिट्ठी लिये वह सीढ़ियों के दरवाजे पर बैठ जाती थी और दिन भर उसे ही पढ़ती रहती थी। इस तरह दो महीने गुजर गए। बाद में चिट्ठियों का आदान-प्रदान अब उतनी जल्दी नहीं होता था। उत्साह थोड़ा-बहुत कम होने को आया था।

एक दिन सवेरे पार्वती ने अपनी माँ से कहा–"माँ, मैं फिर पाठशाला जाऊँगी।"

"क्यों री?" वे कुछ विस्मित हुई थीं।

पार्वती ने गरदन हिलाकर कहा–"मैं जरूर जाऊँगी।"

"ठीक है, जाना। पाठशाला जाने से मैंने तुझे भला कब मना किया है बेटी?"

उस दिन पार्वती ने अपनी उस स्लेट और किताब को ढूँढ़ निकाला जिसे उसने बहुत दिनों से हाथ नहीं लगाया था और दोपहर में नौकरानी का हाथ पकड़कर फिर उसी पुरानी जगह पर जाकर शान्त-धीर भाव से बैठी।

नौकरानी बोली–''गुरुजी, पार्वती को अब मारिएगा नहीं। वह अपनी मर्जी से पढ़ने आई है। जब उसकी मर्जी होगी, पढ़ेगी और जब वह पढ़ना नहीं चाहेगी तो घर चली जाएगी।''

पंडित जी ने मन-ही-मन कहा–'तथास्तु।' पर मुँह से कहा, ''ठीक है। ऐसा ही होगा।''

एक बार उनकी ऐसी इच्छा भी हुई थी कि पूछें कि पार्वती को भी कलकत्ता क्यों नहीं भेज दिया गया। लेकिन उन्होंने यह नहीं पूछा। पार्वती ने देखा, वहाँ उसी बेंच पर मोनिटर भूलो बैठा हुआ है। जब उसने भूलो को देखा, तो पहले पहल वह एक बार हँसने-हँसने को हुई, मगर दूसरे ही पल उसकी आँखों में आँसू आ गए। उसके बाद उसे भूलो पर बड़ा गुस्सा आया। लगा, सिर्फ उसी की वजह से देवदास को घर छोड़कर कलकत्ता जाना पड़ा है। इसी तरह से बहुत दिन बीत गए।

बहुत दिनों बाद देवदास घर लौट आया। पार्वती देवदास के पास भागी आई–ढेरों बातचीत हुई। उसके लिए कहने को ज्यादा कुछ नहीं था। अगर कहने को कुछ रहा भी होगा, तो वह कह नहीं सकी। लेकिन देवदास ने बहुत सारी बातें कीं। सब की सब करीब-करीब कलकत्ता के बारे में। उसके बाद एक दिन गरमी की छुट्टी खत्म हो गई। देवदास फिर कलकत्ता चला गया। इस बार भी रोना-धोना तो हुआ, लेकिन इस बार के रोने-धोने में इतनी गम्भीरता नहीं रही जितनी उस बार के रोने-धोने में थी। इस तरह से चार साल गुजर गए। इन कई सालों में देवदास के स्वभाव में इतना बदलाव हुआ था कि उसे देखकर पार्वती ने छिपकर रोकर बहुत बार अपनी आँखें पोंछीं। इसके पहले देवदास में देहातीपन की जितनी बुराइयाँ थीं शहर में रहने के चलते वे अब बिलकुल नहीं थीं। अब विलायती जूते, अच्छे कपड़े-लत्ते, छड़ी, सोने की चेनवाली घड़ी और बटन के बिना उसे बड़ी शर्म आती थी। गाँव में नदी के किनारे टहलने का अब उसका मन नहीं करता था। बल्कि उसके बदले हाथ में बन्दूक लिये शिकार करने के लिए बाहर निकलने में उसे आनन्द मिलता था। छोटी-छोटी सौरियों को पकड़ने के बदले बड़ी मछली को फँसाने को जी चाहता था। सिर्फ क्या इतना ही? समाज की बात, राजनीति की चर्चा, सभा-समिति–क्रिकेट-फुटबॉल की चर्चा करने में ही लगा रहता था। हाय रे! कहाँ है वह पार्वती और उन लोगों का वह तालसोनापुर गाँव। ऐसी

बात नहीं थी कि बचपन की यादों से जुड़ी दो-एक सुखद बातें अभी उसे याद नहीं आती थीं, लेकिन तरह-तरह के कामों में लगे रहने की वजह से वे सब बातें अब ज्यादा देर तक दिल में टिक नहीं पाती थीं।

फिर गरमी की छुट्टी हुई। पिछले साल गरमी की छुट्टी में देवदास विदेश घूमने गया था, घर नहीं गया था। इस बार उसके माँ-बाप दोनों ने ही जिद करके उसे घर आने के लिए चिट्ठी लिखी थी, इसीलिए न चाहते हुए भी देवदास बोरिया-बिस्तर बाँधकर तालसोनापुर गाँव जाने के लिए हावड़ा स्टेशन पर पहुँचा। जिस दिन देवदास घर आया उस दिन उसकी तबीयत उतनी अच्छी नहीं थी। इसीलिए वह बाहर नहीं निकल सका। अगले दिन पार्वती के घर आकर उसने पुकारा–"चाची!"

पार्वती की माँ ने उसे दुलार से बुलाया–"आओ बेटा, बैठो।"

चाची के साथ थोड़ी देर तक बातचीत करने के बाद देवदास ने पूछा–"पार्वती कहाँ है चाची?"

"वह शायद ऊपर के कमरे में है।"

देवदास ऊपर आया तो देखा–पार्वती दीया-बत्ती कर रही है, पुकारा–"पारू।"

पहले पहले पार्वती चौंक उठी। उसके बाद प्रणाम करके हटकर खड़ी हो गई।

"क्या हो रहा है पारू?"

यह बताने की कोई जरूरत नहीं थी। इसीलिए पार्वती चुप रही। उसके बाद देवदास शर्मिन्दा होने लगा, बोला–"चलता हूँ। शाम हो गई। तबीयत अच्छी नहीं है।"

देवदास चला गया।

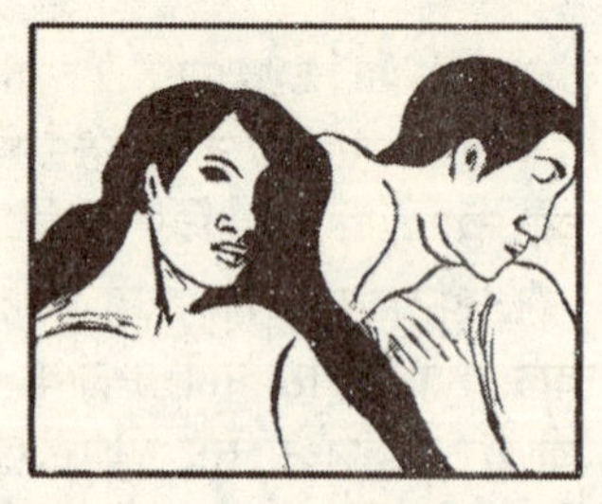

5

दादी यह बात कहती थीं कि पार्वती ने तेरहवें में कदम रखा है। इस उम्र में शारीरिक सौन्दर्य न जाने कहाँ से भागा आता है और किशोरी के अंग-अंग पर छा जाता है। नाते-रिश्तेदार अचानक एक दिन चौंककर देख पाते हैं कि उनकी छोटी लड़की बड़ी हो गई है। तब हाथ पीले करने के लिए बड़ी जल्दबाजी मच जाती है। चक्रवर्ती के घर में आज कई दिनों से इसी बात की चर्चा हो रही है। पार्वती की माँ बड़ी खिन्न थीं, बातों ही बातों में वे अपने को सुनाकर कहती थीं–अजी सुनते हो, पारू के अब हाथ पीले कर देने चाहिए। वे बड़े लोग नहीं हैं, लेकिन उन्हें इस बात का भरोसा है कि उनकी छोटी बेहद खूबसूरत है। दुनिया में रूप की अगर कोई मर्यादा है तो पार्वती के लिए सोचने की जरूरत नहीं। और भी एक बात है, उसे मैं कह रखता हूँ। चक्रवर्ती के परिवार में इसके पहले बेटी की शादी के वास्ते जरा भी फिक्र नहीं करनी पड़ती थी। लेकिन बेटे की शादी के लिए फिक्र करनी पड़ती थी। चक्रवर्ती बेटी की शादी में दहेज लेते थे और बेटे की शादी में दहेज देकर लड़की घर लाते थे। नीलकंठ के पिता ने भी अपनी बेटी की शादी में पैसा लिया था। मगर नीलकंठ खुद इस रिवाज से नफरत करते थे। उनकी कतई यह इच्छा नहीं थी कि वे पार्वती को बेचकर पैसा लेंगे। पार्वती की माँ यह जानती थीं इसीलिए वे अपने पति से बेटी के लिए बार-बार कहा करती थीं। इसके पहले पार्वती की माँ ने मन-ही-मन एक दुराशा पाल रखी थी।

उन्होंने सोचा था–काश! किसी भी तरह से वे अपनी बेटी की शादी देवदास से करा सकतीं। उन्हें ऐसा नहीं लगता था कि यह आशा करना बिलकुल असम्भव है। उन्होंने सोचा, देवदास से कहने पर शायद कोई हल निकले। इसीलिए शायद नीलकंठ की माँ ने बातों-बातों में देवदास की माँ के आगे यह बात इस तरह से छेड़ी थी–"आहा बहू, देवदास और मेरी पारू में क्या प्रेम है! ऐसा प्रेम कहाँ, कहीं भी तो नजर नहीं आता है।"

देवदास की माँ बोलीं–''ऐसा क्यों नहीं होगा चाची? दोनों तो भाई-बहन की तरह ही एक साथ पले-बढ़े हैं।''

''हाँ बेटी, हाँ, इसीलिए तो लगता है, अगर दोनों की...यह तुम क्यों नहीं देखती बहू कि देवदास जब कलकत्ता गया तब वह सिर्फ आठ साल की थी। उसी उम्र में वह सोच-सोचकर सन्न हो गई। और जब देवदास की कोई चिट्ठी आती तो वही उसके लिए सुमरनी बन जाती थी। हम सभी तो यह जानते हैं।''

देवदास की माँ ने सब समझा। वे जरा मुस्कुराईं। इस मुस्कान में कितना व्यंग्य छिपा था, पता नहीं। मगर दुख बहुत था। वे भी सारी बात जानती थीं। वे पार्वती को प्यार भी करती थीं। लेकिन पार्वती है तो उस घर की लड़की जिस घर के लोग लड़की खरीदते और बेचते हैं, ऊपर से पड़ोसी हैं। छिः-छिः! वे बोलीं–''चाची, देवदास के पिता देवदास की शादी इतनी छोटी उम्र में और खासकर पढ़ने-लिखने के वक्त बिलकुल ही नहीं कराना चाहते हैं। इसीलिए तो वे अभी भी मुझसे कहते हैं कि बड़े लड़के द्विजदास की छोटी उम्र में शादी कराकर तुमने कितना सर्वनाश किया। वह बिलकुल ही पढ़ा-लिखा नहीं।''

पार्वती की दादी बिलकुल झेंप गईं। वे बोलीं–''सो तो मैं सब जानती हूँ बहू। पारू यों तो थोड़ी बड़ी हो गई है, और थोड़ी डील-डौल वाली तो है। इसीलिए तो, इसीलिए तो, अगर नारायण असहमति...''

देवदास की माँ ने रोक दिया, बोलीं–''नहीं चाची, यह बात मैं उनसे नहीं कहूँगी। अगर मैं इस वक्त देवदास की शादी की बात छेड़ूँगी, तो वे क्या मेरा मुँह देखेंगे।''

यह बात यहीं दब गई। लेकिन औरतों के पेट में बात नहीं रहती है। जब नारायण खाना खा रहे थे तब देवदास की माँ ने बात छेड़ते हुए कहा–''पारू की दादी ने आज उसकी शादी की बात छेड़ी थी।''

नारायण ने मुँह उठाया, कहा–''पारू की उम्र तो हुई। जल्दी उसकी शादी करा देनी ही चाहिए।''

इसीलिए तो उन्होंने आज बात छेड़ी थी। बोलीं–''देवदास के साथ अगर...''

नारायण ने भवें चढ़ाईं–''तुमने क्या कहा?''

''मैं भला क्या कहती! उन दोनों में बड़ा प्रेम है। लेकिन इसलिए कि उन दोनों में बड़ा प्रेम है। मैं क्या उस घर की लड़की ला सकती हूँ जिस घर के लोग लड़की खरीदते-बेचते हैं! ऊपर से पड़ोसी! छिः-छिः!''

नारायण सन्तुष्ट हुए, बोले–''तुम ठीक कहती हो। मैं क्या अपने खानदान की हँसी उड़वाऊँगा? तुम इन सब बातों पर कान मत देना।''

देवदास की माँ ने सूखी हँसी हँसकर कहा–''नहीं, मैं इन सब बातों पर कान नहीं देती। मगर तुम भी इसे भूल मत जाना।''

नारायण ने गम्भीर मुँह से निवाला उठाया और बोले–''मैं अगर इन सब बातों को भूल जाता, तो इतनी बड़ी जमींदारी का कब का बंटाधार हो जाता।''

उनकी जमींदारी हमेशा रहे, इसमें कोई एतराज नहीं। मगर मैं पार्वती के दुख की बात बताता हूँ। जब इस प्रस्ताव को बिलकुल ठुकरा देने की बात नीलकंठ के कानों में पहुँची तब उन्होंने अपनी माँ को बुलाकर फटकारते हुए कहा–''माँ तुम क्यों ऐसी बात कहने गई थीं?''

माँ चुप रहीं।

नीलकंठ कहने लगे–''बेटी को ब्याहने के लिए हमें किसी के पाँव नहीं पकड़ने पड़ते हैं, बल्कि बहुतेरे मेरे पाँव पकड़ेंगे। मेरी बेटी बुरी नहीं है। देखो, मैंने तुम लोगों से कह दिया कि एक हफ्ते के अन्दर ही मैं रिश्ता तय कर डालूँगा। ब्याहने की क्या फिक्र?''

लेकिन जिसके लिए पिता ने इतनी बड़ी बात कही उसके सर पर तो गाज गिर पड़ी। बचपन से उसकी एक धारणा थी कि देवदास पर उसका थोड़ा-सा हक है। ऐसी बात नहीं थी कि यह हक किसी ने उसके हाथों में सौंप दिया था। पहले-पहल तो वह खुद भी ठीक से कुछ भी समझ नहीं पाई थी, पर अनजाने में अशान्त मन ने दिन पर दिन इस हक को ऐसे चुपचाप, हालाँकि इतनी मजबूती से स्थापित कर लिया था कि बाहर यद्यपि उसका कोई बाहरी आकार इतने दिनों तक नजर नहीं आया था। लेकिन आज जब इस हक को खोने की बात उठी तो उसके समूचे हृदय में एक भयानक तूफान उठने लगा।

लेकिन देवदास के बारे में यह बात ठीक-ठीक लागू नहीं होती थी। बचपन में जब उसने पार्वती पर कब्जा जमाया था तब उसने उसका पूरा फायदा उठाया था। लेकिन कलकत्ता जाकर कामों के सिलसिले में और अन्यान्य मनोरंजनों के बीच पार्वती को उसने बहुत-कुछ छोड़ ही दिया था। मगर वह यह नहीं जानता था कि वह अपने उस एकरस देहाती जीवन में दिन-रात सिर्फ उसे ही अपने दिल में बसाए हुए थी। सिर्फ इतना ही नहीं, वह सोचती थी कि बचपन से जिसे बिलकुल अपना मान लिया था, उचित-अनुचित सारा दावा इतने दिनों तक जिस

पर जताया था, जवानी के पहले पायदान पर कदम रखते ही उसे उससे अचानक ऐसे फिसल जाना नहीं पड़ेगा। लेकिन तब कौन सोचता था शादी करने की बात? कौन जानता था कि किशोर उम्र के उस लगाव को शादी को छोड़कर किसी भी तरह से चिरस्थायी नहीं बनाया जा सकता है। देवदास से उसकी शादी नहीं हो सकती है—यह खबर पार्वती के हृदय की सारी आशा-आकांक्षाओं को उसके कलेजे के अन्दर से फाड़ डालने के लिए खींचातानी करने लगी। लेकिन देवदास को सुबह पढ़ना-लिखना पड़ता था। दोपहर में बड़ी गरमी पड़ती थी। घर से बाहर नहीं निकला जा सकता था। सिर्फ तीसरे पहर चाहने पर जरा बाहर निकला जा सकता था। इसी वक्त किसी दिन वह बढ़िया कपड़ा-लत्ता और अच्छे जूते पहनकर हाथ में छड़ी लिये मैदान में बाहर निकलता था। जाते वक्त वह चक्रवर्ती के घर की बगल से ही होकर जाता था और पार्वती उन पर खिड़की से आँखें पोंछते-पोंछते यह देखती थी। कितनी बातें याद आती थीं। याद आता था कि दोनों ही बड़े हो गए हैं। लम्बे अरसे तक दूर रहने के बाद अब दोनों को एक-दूसरे से बात करने में शर्म आती थी। देवदास उस दिन यों ही चला गया था। उसे शर्म आ रही थी, इसीलिए वह अच्छी तरह बात ही नहीं कर सका था। यह बात पार्वती से छिपी नहीं थी।

देवदास भी अक्सर इसी तरह से सोचता था। बीच-बीच में उसका पार्वती से बात करने को, उसे अच्छी तरह से देखने को जी चाहता था। लेकिन त्यों ही लगता था, ऐसा करना क्या अच्छा दिखेगा?

यहाँ वैसा शोरगुल नहीं था जैसा कलकत्ता में था। मनोरंजन, थिएटर, गाना-बजाना नहीं था। इसीलिए उसे सिर्फ बचपन की बात याद आती थी। याद आता था, वह पार्वती यह पार्वती बन गई है। पार्वती सोचती थी—वह देवदास अब यह देवदास बाबू बन गया है। देवदास अब अक्सर चक्रवर्ती के घर नहीं जाता था। किसी दिन शाम के वक्त आँगन में खड़ा होकर पुकारता था—"चाची, क्या हो रहा है?"

चाची कहती थीं—"आओ बेटा, बैठो।"

देवदास त्यों ही कहता था—"नहीं, चाची, रहने दो। मैं जरा घूम आऊँ।"

तब पार्वती किसी दिन ऊपर रहती थी, तो किसी दिन सामने पड़ जाती थी। देवदास चाची से बात करता था और पार्वती धीरे-धीरे हट जाती थी। रात में देवदास के घर में बत्ती जलती थी। गरमी के दिनों में खुली खिड़की से पार्वती उधर बहुत देर तक, हो सकता है, निहारती रहती थी—मगर कुछ भी दिखाई नहीं पड़ता था। पार्वती हमेशा अभिमानिनी थी। पार्वती जी-जान से यही कोशिश

करती थी कि वह जो दुख झेल रही है उसकी भनक किसी को न मिले। और बताकर ही भला क्या फायदा? सहानुभूति बर्दाश्त नहीं होगी। और तिरस्कार, लांछना? सो उससे तो मरना अच्छा है। मनोरमा की बीते साल शादी हुई थी। पर अभी भी वह अपनी ससुराल नहीं गई थी। इसीलिए वह बीच-बीच में घूमने आती थी। पहले दोनों सहेलियों में बीच-बीच में इस सबको लेकर बातचीत होती थी, बात और भी होती है, मगर पार्वती अब इन सब बातों में शरीक नहीं होती है या तो वह चुप रहती है या बात बदल देती है।

पार्वती के पिता कल रात घर लौटे थे। वे पार्वती का रिश्ता तय करने कई दिनों के लिए बाहर गए थे। अब वे शादी तय करके घर आए हैं। दूल्हा करीब-करीब बीस-पच्चीस कोस दूर बर्दमान जिले के हाथीपोता गाँव का जमींदार है। उसकी स्थिति अच्छी है। उसकी उम्र चालीस साल से कम ही होगी। बीते साल उसकी पत्नी चल बसी है, इसीलिए वह फिर शादी करेगा। ऐसी बात नहीं थी कि इस खबर से घर के सभी खुश हुए थे। बल्कि यह खबर दुख का कारण बनी थी। लेकिन एक बात यह थी कि भुवन चौधरी से कुल मिलाकर दो-तीन हजार रुपए मिलेंगे। इसीलिए औरतें चुप थीं।

एक दिन दोपहर को देवदास खाना खाने बैठा था। माँ उसके करीब बैठकर बोलीं–"पारू की तो शादी होनेवाली है।"

देवदास ने मुँह उठाया और पूछा–"कब होगी पारू की शादी?"

"इसी महीने होगी। कल लड़का लड़की को देख गया है। दूल्हा खुद ही आया था।"

देवदास थोड़ा विस्मित हुआ–"पर मैं तो कुछ भी नहीं जानता माँ!"

"तुम भला कैसे जानोगे? दूल्हा दुआहा, उम्रदराज है। लेकिन उसके पास बहुत रुपए-पैसे हैं। पारू सुख और आराम से रहेगी।"

देवदास मुँह नीचे किए खाना खाने लगा। उसकी माँ फिर से कहने लगीं–"वे लोग पारू को इस घर में ब्याहना चाहते थे।"

देवदास ने मुँह उठाया–"उसके बाद?"

देवदास की माँ हँसीं–"छिः, ऐसा कैसे हो सकता है? एक तो लड़की की खरीद-फरोख्त करनेवाला खानदान, दूसरे पड़ोस में शादी, छिः-छिः।" इतना कहकर माँ ने होंठों को सिकोड़ा। देवदास को यह दिखाई पड़ा।

देवदास की माँ थोड़ी देर तक चुप रहीं। उसके बाद उन्होंने फिर से कहा–"मैंने तुम्हारे पिताजी से कहा था।"

देवदास ने मुँह उठाकर पूछा–"पिताजी ने क्या कहा?"

"वह भला क्या कहते? वे इतने बड़े खानदान की खिल्ली तो नहीं उड़वा सकते। इसीलिए उन्होंने मुझे डाँट दिया।"

देवदास ने कोई बात नहीं की।

उसी दिन दोपहर में मनोरमा और पार्वती में बातचीत हो रही थी। पार्वती की आँखों में आँसू थे। मनोरमा ने शायद अभी-अभी अपने आँसू पोंछे थे। मनोरमा बोली–"तो अब तुम क्या करोगी बहन?"

पार्वती ने अपनी आँखें पोंछीं और बोली–"अब क्या करना है? तुमने तो अपनी पसन्द के लड़के से शादी की थी?"

"मेरी बात अलग है। मैंने न उसे पसन्द किया था और न ही मैंने उसे नापसन्द किया था। इसीलिए मुझे कोई दुख नहीं झेलना पड़ा था। लेकिन तुमने तो खुद अपने पैरों पर कुल्हाड़ी मारी है बहन।"

पार्वती ने जवाब नहीं दिया–वह सोचने लगी।

मनोरमा ने पता नहीं क्या सोचा और तनिक मुस्कुराकर बोली–"पारू, दूल्हे की उम्र कितनी है?"

"किसके दूल्हे की?"

"तेरे।"

पार्वती ने जरा हिसाब लगाया और बोली–"शायद उन्नीस साल।"

मनोरमा बड़ी विस्मित हुई, बोली–"यह तू क्या कह रही है? पर मैंने तो सुना कि दूल्हे की उम्र लगभग चालीस साल है।"

इस बार पार्वती भी तनिक मुस्कुराई, बोली–"मनो दीदी, मैं क्या कोई हिसाब रखती हूँ कि कितने लोगों की उम्र चालीस साल है? मैं तो इतना जानती हूँ कि मेरे दूल्हे की उम्र उन्नीस-बीस साल है।"

मनोरमा ने उसके मुँह की तरफ निहारकर पूछा–"उसका नाम क्या है री?"

पार्वती फिर हँस उठी–"तुम इतने दिनों तक शायद यह भी नहीं जानती हो?"

"मैं कैसे जानूँगी?"

"तुम नहीं जानती हो? अच्छा, तो लो मैं बता देती हूँ।" तनिक मुस्कुराकर और जरा गम्भीर होकर पार्वती उसके कान के पास अपना मुँह लाई और बोली–"तू नहीं जानती तो सुन, मेरे दूल्हे का नाम है–श्री देवदास।"

मनोरमा पहले-पहल जरा चौंक उठी। बाद में उसे धकेल दिया और बोली–"और मजाक करने की जरूरत नहीं। अभी बता कि उसका नाम क्या है, फिर तो तू उसका नाम नहीं ले सकेगी।"

“मैंने बताया न।”

मनोरमा ने गुस्साकर कहा–“अगर तेरे दूल्हे का नाम देवदास है, तो तू इतनी रोती क्यों है?”

पार्वती सहसा उदास हो गई। उसने कुछ सोचकर कहा–“तू ठीक कहती है, लो अब मैं नहीं रोऊँगी।”

“पारू!”

“क्या?”

“तू सारी बातें खोलकर बता न बहन। मैं कुछ भी नहीं समझ सकी।”

पार्वती बोली–“जो बताने को था, मैंने तो सब बता दिया।”

“मगर मेरी समझ में तो कुछ भी नहीं आया री।”

“तेरी समझ में आएगा भी नहीं।” इतना कहकर पार्वती ने दूसरी तरफ मुँह घुमा लिया।

मनोरमा ने सोचा, पार्वती बात छिपा रही है। वह अपने मन की बात बताना नहीं चाहती। मनोरमा को बड़ा अभिमान हुआ। वह दुखी होकर बोली–“पारू, जिस बात से तुझे दुख होता है उस बात से मुझे भी दुख होता है बहन। मेरी तो यही हार्दिक प्रार्थना है कि तू सुखी हो। अगर तू अपनी कोई गुप्त बात मुझे बताना नहीं चाहती है, तो मत बता। मगर तू इस तरह से मेरी खिल्ली मत उड़ा।”

पार्वती भी दुखी होकर बोली–“मैंने तुम्हारी खिल्ली नहीं उड़ाई है दीदी। जहाँ तक मैं खुद जानती हूँ वहाँ तक मैंने तुम्हें भी बताया है। मैं जानती हूँ कि मेरे पति का नाम देवदास है। उसकी उम्र उन्नीस-बीस साल है। यही बात तो मैंने तुम्हें बताई है।”

“लेकिन मैंने तो सुना कि तेरा रिश्ता कहीं और तय हुआ है।”

“मेरा रिश्ता भला कहीं और कैसे हो सकता है! दादी के साथ तो शादी नहीं होगी, अगर होगी, तो मेरे ही साथ होगी। पर मैंने तो यह खबर नहीं सुनी है।”

मनोरमा ने जो कुछ सुना था, उसे उसने अभी कहने की कोशिश की। पार्वती ने उसे रोक दिया और बोली–“वह सब मैं सुन चुकी हूँ।”

“तो? देवदास तुझसे...”

“क्या मुझसे?”

मनोरमा ने अपनी हँसी को दबाकर कहा–“तो क्या तू स्वयंवरा है? छिप-छिपकर पक्का इन्तजाम किया जा चुका है?”

"अभी कच्चा या पक्का कोई भी इन्तजाम नहीं हुआ है।"

मनोरमा ने दुख-भरे स्वर में कहा–"तू क्या कहती है पारू, मैं तो कुछ भी नहीं समझ सकती।"

पार्वती ने कहा–"तो फिर देवदास से पूछकर मैं तुम्हें समझा दूँगी।"

"तुम उससे क्या पूछोगी? यही न कि वह तुमसे शादी करेगा या नहीं?"

पार्वती ने गरदन हिलाकर कहा–"हाँ, यही।"

मनोरमा बड़े अचरज में पड़कर बोली–"तू क्या कहती है पारू? तू खुद उससे यह पूछेगी?"

"इसमें दोष क्या है दीदी?"

मनोरमा एकदम ठक-से रह गई–"तू क्या कहती है री? तू खुद उससे पूछेगी?"

"हाँ, मैं खुद ही उससे पूछूँगी। वरना मेरी तरफ से और कौन पूछेगा दीदी?"

"तुझे शर्म नहीं आएगी?"

"शर्म किस बात की? तुमसे कहने में मैं शरमाई?"

"मैं औरत हूँ। तेरी सहेली हूँ। मगर वह तो मर्द है पारू।"

इस बार पार्वती हँस उठी, बोली–"तुम सहेली हो, तुम अपनी हो। लेकिन वह क्या पराया है? जो बात मैं तुमसे कह सकती हूँ, वह बात क्या उससे नहीं कही जा सकती है?"

मनोरमा ठगी-सी रहकर उसके मुँह की तरफ निहारती रही।

पार्वती ने मुस्कुराकर कहा–"मनो दीदी, तू झूठ-मूठ में माँग में सिन्दूर पहनती है। तू यही नहीं जानती है कि किसे पति कहते हैं। अगर वह मेरा पति नहीं होता, अगर वह मेरी लाज-शरम से परे नहीं होता, तो मैं इस तरह से मरने नहीं बैठती। इसके अलावा दीदी, आदमी जब मरने बैठता है तब क्या वह यह सोचकर देखता है कि जहर कड़वा है या मीठा। उससे मुझे कोई लाज-शरम नहीं है।"

मनोरमा उसके मुँह की तरफ निहारती रही। थोड़ी देर बाद बोली–"तो तू उससे क्या कहेगी? तू उससे यह कहेगी कि तुम मुझे अपने चरणों में जगह दो।"

पार्वती ने सर हिलाकर कहा–"हाँ, ठीक, यही कहूँगी, दीदी!'

"और अगर वह तुझे अपने चरणों में जगह न दे तो?"

अबकी बार पार्वती बहुत देर तक चुप रही। उसके बाद बोली–"तब की बात मैं नहीं जानती दीदी।"

घर लौटते वक्त मनोरमा ने सोचा–'धन्य है साहस! धन्य है कलेजा! मैं अगर मर भी जाऊँ तो ऐसी बात जबान पर नहीं ला सकती।'

बात सही है। इसीलिए तो पार्वती ने कहा था कि ये लोग बेकार में माँग में सिन्दूर और हाथों में कतरियाँ पहनती हैं।

6

रात के शायद एक बजे होंगे। तब भी मद्धिम चाँदनी आसमान में छिटकी हुई थी। पार्वती सर से लेकर पाँव तक बिस्तर की चादर ओढ़े दबे पाँव सीढ़ियाँ उतरकर नीचे आई। उसने चारों ओर गौर से देखा, कोई जगा हुआ नहीं था। उसके बाद दरवाजा खोलकर वह चुपचाप रास्ते पर आ गई। देहात का रास्ता, एकदम स्तब्ध बिलकुल सुनसान–किसी से भी मुलाकात होने की आशंका नहीं थी। वह बेरोक-टोक जमींदार के घर के सामने आकर खड़ी हो गई। ड्योढ़ी पर बूढ़ा दरबान किसन सिंह चारपाई बिछाकर तब भी तुलसीदास की रामायण पढ़ रहा था। जब उसने पार्वती को घुसते देखा तो उसने बिना नजरें उठाए ही कहा–"कौन?"

पार्वती ने कहा–"मैं हूँ!"

आवाज सुनकर दरबान जी ने समझा कि कोई औरत है। यह समझकर कि नौकरानी होगी वह और कोई बात पूछे बिना गा-गाकर रामायण पढ़ने लगा। पार्वती चली गई। गरमी का मौसम था। बाहर आँगन में कई नौकर सो रहे थे। उनमें से कोई सोया हुआ था तो कई अध-जगा था। झपकी की खुमारी में कोई पार्वती को देख सका, मगर यह समझकर कि नौकरानी है, उसने बात नहीं की। पार्वती बेधड़क अन्दर घुसी और सीढ़ियाँ चढ़कर ऊपर आ गई। इस घर का हर कमरा, हर खिड़की उसकी परिचित थी। देवदास का कमरा पहचान लेने में उसे देर नहीं लगी। दरवाजा खुला हुआ था और अन्दर दीया जल रहा था। जब पार्वती अन्दर आई, तो देखा, देवदास बिस्तर पर सोया हुआ है। सिरहाने के पास तब भी कोई किताब खुली पड़ी थी। उसके रंग-ढंग से महसूस हुआ कि वह अभी-अभी सो गया है। दीये को उकसाकर वह देवदास के पैताने आकर चुपचाप बैठ गई। दीवार पर बड़ी घड़ी सिर्फ टिक-टिक कर रही थी। इसके अलावा सूनापन और सन्नाटा छाया हुआ था।

देवदास के पैर पर हाथ रखकर पार्वती ने धीरे-धीरे पुकारा–"देव भैया!"

देवदास को नींद की खुमारी में सुनाई पड़ा, न जाने कौन पुकार रहा है। आँखें बिना खोले उसने आवाज दी–''ऊँ।''

''ओ देव भैया...''

इस बार देवदास आँखें मलता हुआ उठ बैठा। पार्वती के मुँह पर कोई परदा नहीं था। कमरे में दीया भी तेज जल रहा था। देवदास उसे आसानी से पहचान सका। मगर पहले पहल उसे विश्वास नहीं हुआ। उसके बाद उसने कहा–''अरे पारू, तुम?''

''हाँ, मैं।''

देवदास ने घड़ी की तरफ गौर से देखा। उसका विस्मय दोगुना हो गया। बोला–''इतनी रात गए?''

पार्वती ने जवाब नहीं दिया। वह मुँह नीचा किए बैठी रही।

देवदास ने फिर से पूछा–''इतनी रात गए क्या तुम अकेले आई हो?''

पार्वती बोली–''हाँ, मैं अकेले आई हूँ।''

चिन्ता और आशंका से देवदास के रोंगटे खड़े हो गए–''यह तुम क्या कह रही हो? रास्ते में तुम्हें डर नहीं लगा था?''

पार्वती ने मन्द-मन्द मुस्कुराकर कहा–''मैं भूत से उतना नहीं डरती।''

''भूत से तुम भले ही न डरती हो, लेकिन आदमी से तो डरती हो! तुम यहाँ क्यों आई हो?''

पार्वती ने जवाब नहीं दिया, लेकिन उसने मन-ही-मन कहा–'इस वक्त मैं यह भी नहीं समझती कि मैं यहाँ क्यों आई हूँ?'

''तुम घर में घुसी कैसे? किसी ने तुम्हें देखा तो नहीं न है?''

''हाँ, दरबान ने देखा है।''

देवदास ने आँखें फैलाकर कहा–''दरबान ने तुम्हें देखा है? और किसी ने तो तुम्हें नहीं देखा है?''

''आँगन में नौकर लोग सो रहे हैं–उनमें से किसी ने शायद मुझे देखा होगा।''

देवदास बिस्तर से कूद पड़ा और दरवाजा बन्द कर दिया। बोला–''कोई तुम्हें पहचान सका है क्या?''

पार्वती ने बिना कोई उत्सुकता दिखलाए सहज भाव से कहा–''वे सभी मुझे जानते हैं; हो सकता है कि किसी ने मुझे पहचाना हो।''

''तुम यह क्या कह रही हो? तुमने ऐसा काम क्यों किया पारू?''

पार्वती ने मन-ही-मन कहा–'यह तुम कैसे समझोगे?' लेकिन उसने कोई बात नहीं की। वह मुँह नीचा किए बैठी रही।

"इतनी रात गए, छिः-छिः! कल तुम मुँह कैसे दिखाओगी?"

मुँह नीचा किए ही पार्वती ने कहा–"मुझमें इतनी हिम्मत है।"

उसकी बात सुनकर देवदास ने गुस्सा नहीं किया, मगर बड़ा उत्सुक होकर कहा–"छिः-छिः, अभी भी क्या तुम बच्ची हो? यहाँ, इस तरह से आने में क्या तुम्हें जरा भी शर्म नहीं आई?"

पार्वती ने सर हिलाकर कहा–"नहीं, यहाँ आने में मुझे जरा भी शर्म नहीं आई।"

"कल क्या तुम्हारा सर लाज से झुक नहीं जाएगा?"

उसका प्रश्न सुनकर पार्वती तीव्र, हालाँकि करुण दृष्टि से देवदास के मुँह की तरफ थोड़ी देर तक निहारती रही। उसके बाद बेझिझक बोली–"मेरा सर लाज से झुक जाता, अगर मैं यह पक्का नहीं जानती कि तुम मेरी लाज बचा लोगे।"

देवदास ने विस्मय से हक्का-बक्का होकर कहा–"मैं तुम्हारी लाज बचा लूँगा! लेकिन मैं ही क्या मुँह दिखा सकूँगा?"

पार्वती ने पहले की ही तरह अविचलित स्वर में जवाब दिया–"हाँ, तुम। लेकिन तुम्हें क्या है देव भैया?"

पार्वती थोड़ी देर तक चुप रही। उसके बाद फिर से बोली–"तुम मर्द हो। आज नहीं तो कल तुम्हारे कलंक की बात सभी भूल जाएँगे। दो दिन बाद कोई यह याद नहीं रखेगा कि कब किस रात अभागिन पार्वती तुम्हारे पैरों पर अपना सर रखने के लिए सब कुछ तजकर आई थी।"

"यह तुम क्या कर रही हो पारू?"

"और मैं..."

मंत्रमुग्ध की तरह देवदास ने कहा–"और तुम?"

"तुम मेरे कलंक की बात कह रहे हो? नहीं, मुझ पर कलंक नहीं लगेगा। चूँकि मैं छिपकर तुम्हारे पास आई थी, इसलिए अगर मेरी निन्दा होगी, तो मैं उस निन्दा की परवाह नहीं करूँगी।"

"यह क्या, पारू! तुम रो रही हो?"

"देव भैया, नदी में कितना पानी है। इतने पानी में भी क्या मेरा कलंक नहीं दब जाएगा?"

सहसा देवदास ने पार्वती के दोनों हाथों को पकड़ लिया–"पार्वती!"

पार्वती ने देवदास के पैरों पर अपना सर रखा और रुआँसी होकर बोल उठी–"यहाँ थोड़ी-सी जगह दो देव भैया।"

उसके बाद दोनों ही चुप रहे। देवदास के पैरों के ऊपर से होकर आँसुओं

की बहुत सारी बूँदें सफेद बिस्तर पर लुढ़क पड़ीं।

बहुत देर बाद देवदास ने पार्वती का मुँह ऊपर उठाया और बोला–"मेरे सिवा क्या तुम्हारे लिए और कोई उपाय नहीं है?"

पार्वती ने बात नहीं की। पहले की ही तरह वह देवदास के पैरों पर अपना सर रखे पड़ी रही। निस्तब्ध कमरे के अन्दर सिर्फ उसकी गहरी लम्बी साँसें चलती रहीं। घड़ी में टन-टन करके दो बज गए। देवदास ने पुकारा–"पारू!"

पार्वती भर्राई आवाज में बोली–"क्या?"

"तुमने तो यह सुना होगा कि मेरे माँ-बाप यह बिलकुल नहीं चाहते कि मेरे साथ तुम्हारी शादी हो।"

पार्वती ने सर हिलाकर कहा कि उसने यह सुना है। उसके बाद दोनों ही चुप्पी साधे रहे। बहुत वक्त गुजर जाने के बाद देवदास ने आह भरकर कहा– "ऐसी स्थिति में मेरी शादी तुमसे कैसे हो सकती है?"

जैसे डूबता आदमी बचने के लिए बहते तिनके को पकड़ लेता है और उसे हरगिज छोड़ना नहीं चाहता है, ठीक वैसे ही पार्वती ने बेसुध की मानिन्द देवदास के दोनों पैरों को पकड़े रखा। फिर देवदास के मुँह की तरफ निहारती हुई बोली– "मैं कुछ भी जानना नहीं चाहती देव भैया!"

"पारू, तो मैं अपने माँ-बाप का कहा न मानूँ?"

"इसमें बुराई क्या है? तुम अपने माँ-बाप का कहा मत मानो।"

""तो फिर तुम रहोगी कहाँ?"

पार्वती ने रोते हुए कहा–"तुम्हारे पैरों में...।"

फिर दोनों स्तब्ध होकर बैठे रहे। घड़ी में चार बज गए। गरमी की रात थी। यह देखकर कि अब थोड़ी ही देर में सुबह होनेवाली है, देवदास ने पार्वती का हाथ पकड़कर कहा–"चलो, मैं तुम्हें तुम्हारे घर पहुँचा आऊँ?"

"तुम मेरे साथ जाओगे?"

"हर्ज क्या है? अगर बदनामी फैलेगी, तो हो सकता है, कोई उपाय निकल आए?"

"तो चलो।"

दोनों दबे पाँव बाहर निकल गए।

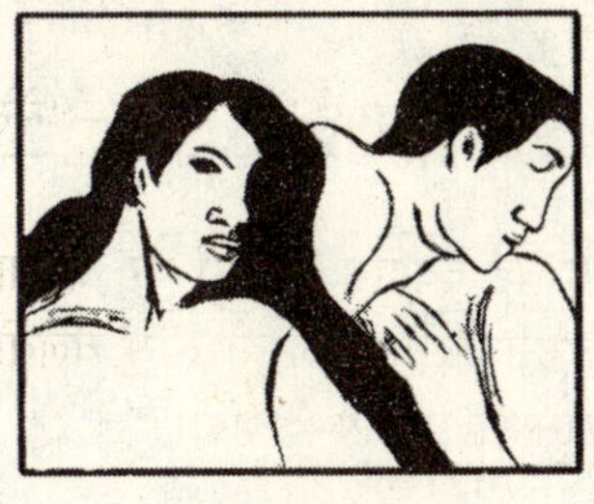

7

अगले दिन पिता के साथ देवदास की थोड़ी देर तक बातचीत हुई।

पिता ने कहा–"तुमने हमेशा मुझे परेशान किया है। मैं जब तक जिन्दा रहूँगा तब तक मुझे परेशान होना पड़ेगा। तुम्हारे मुँह से यह सुनकर आश्चर्यचकित होने की कोई बात नहीं है।"

देवदास चुपचाप मुँह नीचा किए बैठा रहा।

पिता ने कहा–"मैं इन सब बातों में नहीं पड़ूँगा। जो मर्जी हो तुम और तुम्हारी माँ मिलकर करो।"

देवदास की माँ ने यह सुनकर, रोते हुए कहा–"बेटा, यह भी मेरे नसीब में था।"

उसी दिन देवदास तैयारियाँ करके कलकत्ता चला गया।

पार्वती ने यह सुना तो वह कठोर मुँह से और भी कठोर हँसी हँसकर चुप रही। बीती रात की बात कोई भी नहीं जानता था, उसने भी किसी को नहीं बताया। लेकिन मनोरमा ने आकर उसे पकड़ा, बोली–"पारू, सुना कि देवदास चला गया है!"

"हाँ।"

"लेकिन तुम्हारे लिए उसने कौन-सा उपाय किया है?"

वह खुद ही यह नहीं जानती थी कि देवदास ने उसके लिए कौन-सा उपाय किया है, तो ऐसे में वह दूसरे को क्या बताती? आज कई दिनों से वह निरन्तर यही सोच रही थी लेकिन किसी भी तरह से वह यह तय नहीं कर पा रही थी कि उसे आशा कितनी है और निराशा कितनी है। लेकिन एक बात यह है कि आदमी ऐसे बुरे वक्त के बीच जब आशा-निराशा का ओर-छोर देख नहीं पाता है तब कमजोर मन बड़ा डरते-डरते आशा का ही दामन थामे रहता है। वह वही आशा करता है जिसके होने से उसका मंगल हो। चाहे या अनचाहे वह

उसी पहलू की तरफ बड़ी उत्सुक आँखों से देखना चाहता है। अपनी इस हालत में पार्वती थोड़ा जबरन यह आशा कर रही थी कि कल रात की बात जरूर विफल नहीं होगी। विफल होने पर उसकी क्या दशा होगी, यह उसके विचार के परे हो गया था। इसीलिए वह सोच रही थी, देव भैया फिर आएगा, फिर मुझे बुलाकर कहेगा—पार्वती, अपने बूते भर मैं तुम्हें दूसरे के हाथों नहीं सौंप सकूँगा।

लेकिन दो दिन बाद पार्वती को ऐसी चिट्ठी मिली—

'पार्वती आज दो दिनों से मैं तुम्हारी ही बात सोच रहा हूँ। मेरे माता-पिता में से कोई भी यह नहीं चाहता है कि हमारी शादी हो। तुम्हें सुखी करना होगा, तो मुझे उन लोगों को इतना बड़ा आघात पहुँचाना होगा, जो मेरे बूते के बाहर है। इसके अलावा उन लोगों के खिलाफ मैं ऐसा काम करूँ तो कैसे करूँ? फिलहाल मैं ऐसी बात सोच नहीं पा रहा हूँ कि मैं तुम्हें फिर कब चिट्ठी लिखूँगा। इसीलिए मैं इसी चिट्ठी में सब कुछ खोलकर लिख रहा हूँ। तुम्हारा घर निचले दर्जे का है। जिस घर के लोग लड़की की खरीद-फरोख्त करते हैं उस घर की लड़की माँ किसी भी सूरत में अपने घर नहीं लाएगी। और फिर तुम पड़ोसी हो। यही उसके मुताबिक बिलकुल बेमानी है। रही बात पिताजी की, सो तो तुम जानती ही हो। उस रात की बात को सोचकर मैं बड़ा दुख पा रहा हूँ। क्योंकि यह मैं जानता हूँ कि तुम जैसी अभिमानिनी लड़की कितने बड़े दुख से वैसा काम कर सकी थी।

एक बात और, वह यह कि मुझे किसी दिन ऐसा नहीं लगा था कि मैं तुम्हें बहुत प्यार करता था। आज भी मैं तुम्हारे लिए अपने मन में बेहद दुख महसूस नहीं कर रहा हूँ। सिर्फ इस बात का मुझे बड़ा दुख है कि तुम मेरे चलते दुख पाओगी। कोशिश करके मुझे भूल जाना और हार्दिक आशीर्वाद देता हूँ कि तुम सफल होओ।

—देवदास'

जब तक देवदास ने डाक-घर में उस चिट्ठी को पोस्ट नहीं किया था तब तक वह एक बात सोच रहा था; लेकिन उसे पोस्ट करने के बाद से ही वह दूसरी बात सोचने लगा। हाथ के ढेले को फेंककर वह एकटक उधर निहारता रहा। एक अनिश्चित शंका उसके मन के अन्दर धीरे-धीरे इकट्ठा होने लगी। वह सोच रहा था, यह ढेला उसके सर पर किस तरह गिरेगा! उसे बहुत चोट लगेगी क्या? वह जिन्दा रहेगी न? उस रात उसके पैरों पर अपना सर रखकर वह किस तरह से रोई थी, पोस्ट ऑफिस से डेरे लौटती बार हर कदम पर

देवदास को यही याद आ रहा था। यह काम अच्छा हुआ क्या? और सबसे बढ़कर देवदास यही सोच रहा था कि जब खुद पार्वती का कोई दोष नहीं था, तब उसके माता-पिता ने यह क्यों कहा कि पार्वती से उसकी शादी नहीं हो सकती। उम्र बढ़ने और कलकत्ता में रहने की वजह से वह यह बात समझ पा रहा था कि सिर्फ दिखावटी कुल-मर्यादा और एक हीन धारणा पर निर्भर करके बेकार में किसी को मौत के मुँह में नहीं धकेलना चाहिए। अगर पार्वती जिन्दा रहना न चाहे, अगर वह नदी में डूबकर अपने मन का दुख दूर करने के लिए भागी जाए, तो भगवान के चरणों में क्या एक महापाप का धब्बा नहीं लगेगा?

डेरे आकर देवदास अपने कमरे में लेट गया। आजकल वह एक मेस में रहता है। मामा के डेरे को छोड़े बहुत दिन हो गए हैं। वहाँ उसे हरगिज सुविधा नहीं होती थी। जिस कमरे में देवदास रहता है उसी की बगलवाले कमरे में चुन्नी लाल नाम का एक युवक आज नौ बरसों से रहता आ रहा है। बी.ए. पास करने के लिए वह इतने लम्बे अरसे से कलकत्ता में रह रहा है। चूँकि आज तक वह बी.ए. पास नहीं कर सका था इसलिए अभी भी उसे यहीं रहना पड़ा है। चुन्नी लाल रोज की तरह आज भी शाम को घूमने बाहर निकला है। वह भोर तक डेरे लौटेगा। डेरे पर और कोई अभी तक नहीं आया था। दाई बत्ती जला गई, देवदास दरवाजा बन्द करके लेट गया।

उसके बाद एक-एक करके सब लौट आए। जब खाना खाने का वक्त हुआ, तब देवदास को बुलाया गया, लेकिन वह नहीं उठा। चुन्नी लाल किसी दिन रात को डेरे नहीं आता था, आज भी नहीं आया था।

तब रात का एक बज गया था। डेरे में देवदास को छोड़ कोई भी जगा हुआ नहीं था। चुन्नी लाल डेरे लौटकर जब देवदास के कमरे के सामने खड़ा हो गया तो देखा, दरवाजा बन्द है लेकिन बत्ती जल रही है। पुकारा–"देवदास क्या जगे हुए हो जी?"

देवदास ने अन्दर से कहा–"हाँ, मैं जगा हुआ हूँ। तुम इतनी जल्दी क्यों लौटे?"

चुन्नी लाल ने तनिक मुस्कुराकर कहा–"हाँ, आज जरा जल्दी लौट आया। आज तबीयत अच्छी नहीं है।" इतना कहकर वह चला गया। थोड़ी देर बाद वापस आकर बोला–"देवदास एक बार दरवाजा खोलोगे?"

"खोलता हूँ, पर बात क्या है?"

"चिलम पीनी है। सब कुछ है न?"

"हाँ, है।" इतना कहकर देवदास ने दरवाजा खोल दिया। चुन्नी लाल चिलम चढ़ाने बैठकर बोला, "देवदास, तुम अभी तक क्यों जगे हुए हो?"

"रोज-रोज क्या नींद आती है?"

"तुम्हें रोज-रोज नींद नहीं आती है?" चुन्नी लाल ने जरा व्यंग्य करते हुए कहा–"मैं जानता था कि तुम जैसे अच्छे लड़कों ने कभी आधी रात का मुँह नहीं देखा होगा। आज मैंने एक नई बात सीखी।"

देवदास ने बात नहीं की। चुन्नी लाल ने अपने मन से चिलम पीते-पीते कहा–"देवदास, जब से तुम घर से वापस आए हो तब से लेकर अब तक तुम अच्छे नहीं हो। तुम्हारे मन में न जाने कौन-सा दुख है!"

देवदास अन्यमनस्क हो गया था। उसने जवाब नहीं दिया।

"तुम्हारा मन अच्छा नहीं है, न जी?"

देवदास अचानक बिस्तर पर उठ बैठा। और व्यग्र भाव से उसके मुँह की तरफ निहारता हुआ बोला–"अच्छा, चुन्नी बाबू, तुम्हारे मन में क्या कोई दुख नहीं है?"

चुन्नी लाल हँस उठा–"नहीं, मेरे मन में कोई दुख नहीं है।"

"इस जीवन में तुमने कभी दुख नहीं पाया है?"

"तुम यह क्यों पूछ रहे हो?"

"मुझे यह सुनने का बहुत मन करता है।"

"अगर ऐसी बात है, तो दूसरे दिन सुनना।"

"देवदास ने कहा–"अच्छा चुन्नी, तुम रात भर कहाँ रहते हो?"

चुन्नी लाल ने मन्द-मन्द मुस्कुराकर कहा–"यह क्या तुम नहीं जानते हो?"

"हाँ, मैं यह जानता तो हूँ, मगर मैं ठीक-ठीक नहीं जानता हूँ।"

चुन्नी लाल का चेहरा उत्साह से चमक उठा। इन सब चर्चाओं के बीच भले ही और कुछ न हो, लेकिन एक लिहाज तो होता है। पर लम्बी आदत के चलते वह उसे भी भूल गया था। उसने दिल्लगी करके आँखें मूँदकर कहा–"देवदास अगर तुम इसे अच्छी तरह से जानना चाहते हो, तो तुम्हें मुझ जैसा बनना होगा। कल मेरे साथ चलोगे?"

देवदास ने एक बार सोचकर देखा। उसके बाद बोला–"सुनता हूँ, वहाँ बड़ा मनोरंजन होता है। मन में कोई दुख नहीं रहता है। यह क्या सच है?"

"यह बिलकुल निखालिस सच है।"

"अगर ऐसी बात है, तो तुम मुझे ले चलना, मैं वहाँ जाऊँगा।"

अगले दिन शाम के पहले चुन्नी लाल जब देवदास के कमरे में आया, तो देखा, वह मस्त होकर अपना चीज-बस्त बाँधकर करीने से रख रहा है। चुन्नी लाल ने विस्मित होकर पूछा—"क्या जी, तुम जाओगे नहीं?"

देवदास ने किसी तरफ देखे बिना कहा—"हाँ, जाऊँगा।"

"तो तुम यह सब क्या कर रहे हो?"

"जाने की तैयारी कर रहा हूँ।"

चुन्नी लाल ने तनिक मुस्कुराकर सोचा, तैयारी तो बुरी नहीं है। बोला—"तो क्या घर-मकान, सब वहाँ ले जाओगे?"

"तो यह सब मैं किसके पास रख जाऊँ?"

चुन्नी लाल समझ नहीं सका। बोला—"मैं अपना चीज-बस्त किसके पास रख जाता हूँ? सब तो डेरे पर पड़ा रहता है।"

देवदास ने अचानक सचेत होकर नजरें उठाईं। शरमाकर बोला—"चुन्नी बाबू, आज मैं घर जा रहा हूँ।"

"यह तुम क्या कह रहे हो जी? पर कब आओगे?"

देवदास ने सर हिलाकर कहा—"मैं अब नहीं आऊँगा।"

विस्मय से चुन्नी लाल उसके मुँह की तरफ निहारता रहा। देवदास कहने लगा—"ये तुम रुपए लो। मेरा जितना उधार है उसे इन रुपयों से चुका देना। और अगर कुछ बच जाएँ, तो उन्हें डेरे के नौकर-नौकरानियों में बाँट देना। मैं अब कभी कलकत्ता नहीं लौटूँगा।"

देवदास ने मन-ही-मन कहा—'कलकत्ता आने से मेरी बड़ी हानि हुई है—बड़ी हानि हुई है।'

आज जवानी के कोहरे से भरे अँधेरे को भेदकर उसे किशोरावस्था का वह शरारती, बिगड़ैल अनचाहा रत्न कुचला हुआ नजर आ रहा है जो आज समूचे कलकत्ता से बहुत बड़ा है, बहुत कीमती है। चुन्नी लाल के मुँह की तरफ निहारकर उसने कहा—"चुन्नी, शिक्षा, विद्या, बुद्धि, ज्ञान, उन्नति—जो कुछ है, सब सुख के लिए है, चाहे उसे जैसे भी क्यों न देखो, अपना सुख बढ़ाने के अलावा यह सब और कुछ भी नहीं है..."

चुन्नी लाल उसे रोककर कह उठा—"तो क्या तुम अब पढ़ाई-लिखाई नहीं करोगे?"

"नहीं, अब मैं पढ़ाई-लिखाई नहीं करूँगा। पढ़ाई-लिखाई के चलते मेरा काफी नुकसान हुआ है। अगर मैं पहले यह जानता कि इतना नुकसान उठाने के

बाद मेरी इतनी-सी पढ़ाई-लिखाई होगी, तो मैं जीते जी कलकत्ता का मुँह नहीं देखता।"

"अच्छा, बताओ तो तुम्हें क्या हुआ है?"

देवदास सोचने बैठा। थोड़ी देर बाद बोला–"फिर अगर कभी मुलाकात होगी, तो मैं तुम्हें सारी बातें बताऊँगा।"

तब रात के करीब नौ बजे थे। डेरे के सबने और चुन्नी लाल ने बहुत विस्मित होकर देखा, देवदास गाड़ी में सारी चीजों को लादकर हमेशा के लिए डेरा छोड़कर घर चला गया। उसके चले जाने पर चुन्नी लाल गुस्सा करके दूसरे सबसे कहने लगा–"ऐसे भीगी बिल्ली किस्म के लोगों को स्वभाव से नहीं पहचाना जा सकता है।"

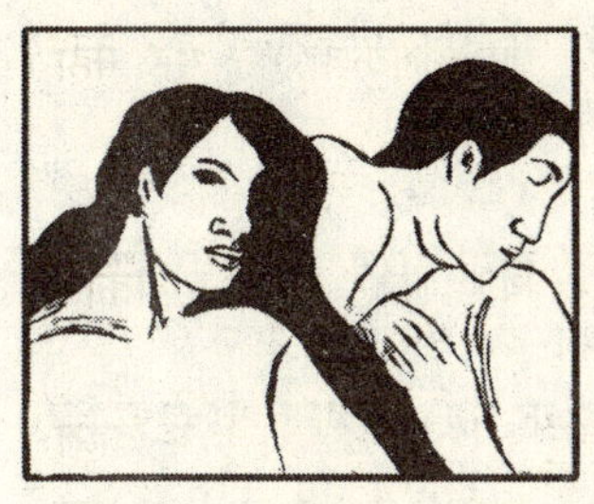

8

सतर्क और अभिज्ञ लोगों का स्वभाव यह है कि वे पलक झपकते किसी चीज के दोष-गुण के बारे में अपनी पक्की राय जाहिर नहीं करते, बल्कि वे किसी चीज की अच्छाई-बुराई का फैसला किए बिना, तब तक अपनी धारणा नहीं बनाते जब तक वे यह नहीं जान लेते कि कौन-सी चीज अच्छी है और कौन-सी बुरी। दो दिशाओं को देखकर चारों दिशाओं की बातें नहीं करते। लेकिन और एक तरह के लोग होते हैं जो ठीक उसके विपरीत होते हैं। किसी चीज को ज्यादा देर तक पकड़कर विचार करने का धैर्य इन लोगों में नहीं होता है। कोई भी चीज हाथ में पड़ते ही वे यह तय कर डालते हैं कि यह अच्छी है या बुरी। डूबकर देखने की मेहनत के बजाय ये लोग विश्वास के बल पर काम चला लेते हैं। ऐसी बात नहीं है कि ऐसे लोग दुनिया में काम नहीं कर सकते हैं। बल्कि बहुत समय ये ज्यादा काम करते हैं। किस्मत मेहरबान होने पर ये लोग उन्नति के सर्वोच्च शिखर पर दिखाई पड़ते हैं और किस्मत मेहरबान न होने पर ये लोग अवनति की गहरी खाई में हमेशा के लिए लेट जाते हैं। फिर न ये उठ सकते हैं और न बैठ सकते हैं। और न प्रकाश की तरफ देखते हैं, वे निश्चल, मृत और जड़वत् पड़े रहते हैं। इसी कोटि का आदमी है देवदास।

अगले दिन सबेरे वह घर आ पहुँचा। माँ ने अचम्भे में पड़कर कहा—''देवा, कॉलेज में फिर छुट्टी हो गई क्या?''

देवदास 'हाँ' कहकर अन्यमनस्क की नाईं चला गया। पिता के पूछने पर भी उसने ऐसा ही कोई जवाब दिया और बगल से होकर हट गया। अच्छी तरह समझ न पाने की वजह से उन्होंने अपनी पत्नी से प्रश्न किया। उन्होंने अक्ल से काम लेकर कहा—''चूँकि अभी भी गरमी कम नहीं हुई है इसलिए छुट्टी हो गई होगी।''

दो दिन देवदास छटपटाता हुआ घूमा। क्योंकि वह जो चाह रहा था, वह नहीं हो रहा था। पार्वती से सुनसान जगह पर कतई मुलाकात नहीं हुई। दो दिनों

बाद पार्वती की माँ को जब देवदास सामने मिला, तो उन्होंने कहा–''जब तू आ ही गया है बेटा, तो पार्वती की शादी तक रह जा।''

देवदास ने कहा–''अच्छा!''

दोपहर को खाना खाने के बाद पार्वती रोज पानी भरने के लिए बाँध पर जाती थी। बगल में पीतल का घड़ा लिये आज भी वह घाट पर आकर खड़ी हो गई। उसे दिखाई पड़ा, करीब ही एक बेर के पेड़ के पीछे देवदास पानी में बंसी डाले बैठा हुआ है। एक बार उसे लगा कि वह लौट जाए। एक बार लगा कि चुपचाप पानी भरकर चल दे। मगर जल्दबाजी में वह कोई भी काम नहीं कर सकी। घड़े को घाट पर रखते वक्त शायद जरा-सी आवाज हुई थी, जिसे सुनकर देवदास ने देखा। उसके बाद देवदास ने हाथ हिलाकर उसे बुलाकर कहा–''पारू, मेरी बात सुनो।''

पार्वती धीरे-धीरे उसके करीब आकर खड़ी हो गई। देवदास ने सिर्फ एक बार मुँह उठाया। उसके बाद बहुत देर तक वह सूनी नजरों से पानी की तरफ निहारता रहा।

पार्वती बोली–''देव भैया, तुम्हें मुझसे कुछ कहना है?''

देवदास ने बिना किसी तरफ निहारे ही कहा–''हूँ–बैठो!'' पार्वती बैठी नहीं, वह मुँह नीचा किए खड़ी रही। लेकिन थोड़ी देर तक जब कोई भी बात नहीं हुई तब पार्वती एक-एक करके कदम धीरे-धीरे घाट की तरफ वापस जाने लगी। देवदास ने एक बार मुँह उठाकर निहारा, उसके बाद फिर से पानी की तरफ निगाह डालकर कहा–''सुनो।''

पार्वती लौट आई। लेकिन फिर भी देवदास कोई बात नहीं कह सका, यह देखकर वह फिर लौट गई। देवदास निस्तब्ध होकर बैठा रहा। थोड़ी देर बाद उसने फिर मुड़कर देखा, पार्वती पानी भरकर जाने की तैयारी कर रही है। तब उसने बंसी लपेटी और घाट के नजदीक आकर खड़ा हो गया, कहा–''मैं आया हूँ।''

पार्वती ने घड़े को सिर्फ नीचे रखा, बात नहीं की।

पार्वती ने थोड़ी देर तक बात नहीं की, अन्त में बड़े मृदु स्वर में पूछा–''तुम क्यों आए हो?''

''तुमने मुझे आने को लिखा था, तुम्हें याद नहीं है?''

''नहीं, मुझे याद नहीं है।''

''तुम क्या कह रही हो पारू? उस रात की बात तुम्हें याद नहीं आती है?''

''हाँ, याद आती है। लेकिन उस बात की अब जरूरत क्या है?''

उसकी आवाज स्थिर, मगर बड़ी रूखी थी। लेकिन देवदास ने उसका आशय नहीं समझा, बोला–"तुम मुझे माफ कर दो पारू! मैंने तब इतना नहीं समझा था।"

"चुप रहो–मुझे वह सब बात सुनने में भी अच्छी नहीं लगती है।"

"चाहे जैसे भी हो सके, मैं अपने माँ-बाप को राजी करूँगा। सिर्फ तुम..."

पार्वती ने देवदास के मुँह की तरफ एक बार तीखी निगाह डाली और बोली–"तुम्हारे माँ-बाप हैं, मेरे माँ-बाप नहीं हैं? उनकी राय की जरूरत नहीं है?"

देवदास ने शर्मिन्दा होकर कहा–"हाँ, तुम्हारे भी माँ-बाप हैं पारू लेकिन उनकी भी असहमति नहीं है। तुम सिर्फ..."

"तुमने यह कैसे जाना कि उनकी असहमति नहीं है? उनकी पूरी असहमति है।"

देवदास ने हँसने की बेकार की कोशिश करते हुए कहा–"नहीं जी, उनकी जरा भी असहमति नहीं है, यह मैं अच्छी तरह जानता हूँ। सिर्फ तुम..."

पार्वती बात के बीच में ही तीखी आवाज में बोल उठी–"सिर्फ मैं। तुम्हारे साथ छिः..."

पलक झपकते ही देवदास की दोनों आँखें आग की तरह जल उठीं। कड़ी आवाज में बोला–"पार्वती, तुम क्या मुझे भूल गई?"

पहले पहल पार्वती अचकचा गई लेकिन दूसरे ही पल उसने अपने आपको सँभाल लिया और शान्त कड़े स्वर में जवाब दिया–"नहीं, मैं तुम्हें क्यों भूलूँगी? मैं तो बचपन से तुम्हें देखती आ रही हूँ। जब से मैंने होश सँभाला है तब से लेकर अब तक मैं तुमसे डरती आ रही हूँ। तो क्या तुम इसीलिए मुझे डराने आए हो? लेकिन मुझे भी क्या तुम नहीं पहचानते हो?" इतना कहकर वह अपनी दोनों आँखें उठाकर बेखौफ खड़ी हो गई।

पहले पहल देवदास की बोली नहीं निकली, बाद में बोला–"हमेशा तुम मुझसे डरती ही आई हो, और कुछ नहीं?"

पार्वती ने दृढ़ स्वर में कहा–"नहीं, और कुछ भी नहीं।"

"तुम सच कह रही हो?"

"हाँ, मैं सच कह रही हूँ। तुम पर मुझे जरा भी विश्वास नहीं है। मैं जिनके पास जा रही हूँ वे धनवान हैं, बुद्धिमान हैं, शान्त और स्थिर हैं। वे धार्मिक हैं। मेरे माँ-बाप मेरा भला चाहते हैं। वे लोग तुम-जैसे मूर्ख, चंचल चित्त, खूँखार आदमी के हाथों मुझे हरगिज नहीं सौंपेंगे। तुम मेरा रास्ता छोड़ दो।"

एक बार देवदास ने थोड़ी सी आनाकानी की, एक बार जरा रास्ता छोड़ने को भी तैयार हुआ, मगर दूसरे ही पल अड़कर खड़ा हो गया और मुँह उठाकर कहा–"इतना घमंड!"

पार्वती बोली–"मुझे घमंड क्यों नहीं होगा? तुम घमंड कर सकते हो, मैं घमंड नहीं कर सकती? तुम सुन्दर हो, पर तुममें गुण नहीं है। मैं सुन्दर हूँ और मुझमें गुण भी है। तुम लोग बड़े आदमी हो लेकिन मेरे पिता भिखमंगे नहीं हैं। इसके अलावा दो दिनों बाद मैं खुद भी तुम लोगों से किसी भी बात में कम नहीं रहूँगी, यह तुम जानते हो?"

देवदास ठगा-सा रह गया।

पार्वती फिर से बोल उठी–"तुम सोच रहे हो कि तुम मेरा बहुत नुकसान करोगे। भले ही बहुत न हो, लेकिन थोड़ा-सा नुकसान तो तुम कर सकते हो, यह मैं जानती हूँ। अच्छी बात है, तो तुम मेरा नुकसान करो। तुम सिर्फ मेरा रास्ता छोड़ दो।"

देवदास हक्का-बक्का होकर बोला–"मैं तुम्हारा नुकसान कैसे करूँगा?"

पार्वती ने तुरन्त कह दिया–"कलंक लगाकर। तो लगा दो कलंक।"

उसकी बात सुनकर देवदास तिलमिलाकर निहारता रहा। उसके मुँह से सिर्फ बाहर निकला–"मैं तुम पर कलंक लगाऊँगा!"

पार्वती जहर जैसी तनिक क्रूर हँसी हँसकर बोली–"जाओ, आखिरी वक्त मेरे नाम एक कलंक फैला दो। चारों ओर यह बात फैला दो कि उस रात मैं तुम्हारे पास अकेली गई थी। मन के अन्दर तुम्हें बड़ी सान्त्वना मिलेगी।" इतना कहकर पार्वती की घमंड-भरी गुस्साई आवाज काँपते-काँपते रुक गई।

लेकिन देवदास का कलेजा गुस्से और अपमान से लावे की मानिन्द धधक उठा। उसने बुदबुदाते हुए कहा, "झूठी बदनामी फैला करके मन के अन्दर मुझे सान्त्वना मिलेगी?" और दूसरे ही पल उसने बंसी के मोटे सिरे को जोर से घुमाकर पकड़ा और गरजकर कहा–"सुनो पार्वती, इतनी सुन्दर होना अच्छा नहीं है। इससे घमंड बहुत बढ़ जाता है।" इतना कहकर उसने अपनी आवाज को जरा धीमी करके कहा–"तुम्हें दिखाई नहीं पड़ता है, चूँकि चाँद इतना सुन्दर है, इसीलिए उसमें कलंक का काला दाग, चूँकि कमल इतना सफेद होता है, इसीलिए उसमें काला भौंरा रहता है। आओ, तुम्हारे चेहरे पर मैं कलंक का धब्बा लगा देता हूँ।"

देवदास की सहनशीलता ने जवाब दे दिया था। उसने बंसी से पार्वती के माथे पर जोर से मारा। तुरन्त पार्वती के माथे से लेकर भौंह का निचला हिस्सा तक फट गया। पलक झपकते सारा चेहरा लहूलुहान हो गया।

पार्वती जमीन पर लोट गई और बोली–"देव भैया, यह तुमने क्या किया!"

देवदास ने बंसी के टुकड़े-टुकड़े करके उसे पानी में बहाते-बहाते कहा–"ज्यादा कुछ नहीं हुआ है। सिर्फ थोड़ा-सा कट गया है।"

पार्वती फूट-फूटकर रो उठी–"ओ देव भैया, यह तुमने क्या किया!"

देवदास ने अपने पतले कुरते का थोड़ा-सा हिस्सा फाड़ लिया और उसे पानी में भिगोकर पार्वती के माथे पर बाँधते-बाँधते कहा–"तुम डरती क्यों हो पारू? यह घाव जल्दी भर जाएगा, सिर्फ दाग रहेगा। अगर कोई कभी इसके बारे में पूछे, तो उसे झूठ कह देना और अगर झूठ न कह सको, तो सच-सच बताकर तुम खुद ही अपना कलंक जाहिर कर देना।"

"उफ, बाप रे!"

"छिः, ऐसा नहीं करते पारू। अन्तिम विदा के दिन मैं सिर्फ थोड़ा-सा याद रखने लायक निशान छोड़ गया। ऐसा सुन्दर मुखड़ा आईने में बीच-बीच में देखोगी न?" इतना कहकर जवाब के लिए इन्तजार किए बिना वह चलने को तैयार हुआ।

पार्वती व्याकुल होकर रो उठी और बोली–"ओ देव भैया!"

देवदास लौट आया। उसकी आँखों की कोरों में आँसू थे।

उसने स्नेह-भरी आवाज में कहा–"तू क्या कहती है री पारू?"

"तुम इसके बारे में किसी से मत कहना।"

देवदास ने पल भर में झुककर पार्वती के बालों को चूम लिया और कहा–"छिः, तू क्या मेरी परायी है पारू? तुझे याद नहीं है, बचपन में जब तुम शरारत करती थी तब मैंने तुम्हारे कान कितने मल दिए थे।"

"देव भैया, तुम मुझे माफ करो।"

"यह तुम्हें कहने की जरूरत नहीं है भई! सचमुच ही क्या पारू तू मुझे एकदम भूल गई है? कब मैंने तुझ पर गुस्सा किया था? और कब मैंने तुझे माफ नहीं किया है?"

"देव भैया..."

"पार्वती तुम तो जानती हो कि मैं ज्यादा बात नहीं कर सकता, ज्यादा सोच-विचारकर काम नहीं कर सकता। जब जो मन करता है, करता हूँ।"

इतना कहकर देवदास ने पार्वती के सर पर हाथ रखकर उसे आशीर्वाद देते हुए कहा–"यह तुमने अच्छा ही किया है। मेरे पास तुम्हें सुख नहीं मिलता, लेकिन तुम्हारे इस देव भैया को अक्षय स्वर्ग मिल जाता।"

ऐसे समय बाँध के दूसरी तरफ न जाने कौन लोग आ रहे थे। पांर्वती धीरे-धीरे आकर पानी में उतर गई। देवदास चला गया। पार्वती जब घर वापस

आई तब दिन ढल चुका था। दादी बिना देखे ही कह रही थीं–"पारू! क्या तालाब खोदकर पानी ला रही है बेटी!"

लेकिन उनके मुँह की बात मुँह में ही रह गई। ज्यों ही उन्होंने पार्वती के मुँह की तरफ निहारा त्यों ही वे चिल्ला उठीं–"अरे बाप रे! यह सर्वनाश कैसे हुआ?"

चोट लगी जगह से तब भी खून बह रहा था। उसकी लगभग समूची साड़ी खून से लाल हो गई थी। उन्होंने रोते हुए कहा, "अरे, बाप रे! तेरी तो शादी होनेवाली है पारू!"

पार्वती ने स्थिर भाव से घड़े को नीचे रखा।

माँ ने आकर रोते हुए प्रश्न किया–"यह सर्वनाश कैसे हुआ पारू?"

पार्वती से सहज ढंग से कहा–"घाट पर पाँव फिसल जाने से मैं गिर पड़ी थी। ईंट से माथा टकराकर कट गया है।"

उसके बाद सब मिलकर उसकी टहल-टकोरी करने लगे। देवदास ने सही कहा था–चोट ज्यादा नहीं है। चार-पाँच दिनों में ही घाव सूख गया। और भी आठ-दस दिन यों ही गुजरे। उसके बाद एक दिन रात को हाथीपोता गाँव के जमींदार श्रीमान भुवनमोहन चौधरी दूल्हा बनकर शादी करने आए। उत्सव में उतनी चहल-पहल नहीं हुई। भुवन बाबू नादान आदमी नहीं थे। अधेड़पन में फिर शादी करने आकर छोकरा बनना उन्होंने अच्छा नहीं समझा था।

दूल्हे की उम्र चालीस से कम नहीं; थोड़ा ज्यादा है। गोरा, हट्टा-कटटा, थुलथुला बदन। *तिल चावल बालोंवाली मूँछ*। सर का अगला हिस्सा जरा गँजा। दूल्हे को देखकर कोई हँसा, तो कोई चुप रहा। भुवन बाबू शान्त, गम्भीर मुँह से गुनहगार की तरह मंडप में आकर खड़े हो गए। कान मलने की रस्म अदा नहीं हुई। क्योंकि इतने बड़े-बुजुर्ग आदमी के कानों को किसी ने हाथ लगाना नहीं चाहा। शादी के वक्त पार्वती आँखें तरेरकर निहारती रही। उसके होंठों की कोरों पर जरा मुस्कान की रेखा थी। भुवन बाबू ने बच्चों की मानिन्द नजरें झुका लीं। मुहल्ले की औरतें खिलखिलाकर हँस उठीं। चक्रवर्ती जी भाग-दौड़ करते हुए घूमने लगे। बूढ़े दामाद को लेकर वे थोड़ा घबरा उठे थे। जमींदार नारायण मुखर्जी आज लड़कीवाले की तरफ से कामों की देख-रेख कर रहे थे। वे पक्के आदमी हैं, किसी के लिए किसी तरह की भी कोई कमी नहीं हुई। शादी भलीभाँति खत्म हो गई।

अगले दिन चौधरी जी ने जेवरों से भरा एक सन्दूक बाहर निकालकर दिया। पार्वती के अंग-अंग में वे चमचमा उठे। पार्वती की माँ ने यह देखकर

आँचल से अपनी आँखों की कोरों को पोंछा। करीब ही जमींदार की पत्नी खड़ी थीं, उन्होंने स्नेह के साथ फटकारते हुए कहा–''आज आँसू बहाकर अमंगल मत करो दीदी।''

शाम के कुछ पहले मनोरमा पार्वती को एक सुनसान कमरे में खींच ले गई और आशीर्वाद दिया–''जो हुआ अच्छा ही हुआ। अभी से देखना तू कितने सुख से रहेगी।''

पार्वती ने थोड़ा हँसकर कहा–''सो तो रहूँगी ही! यम से कल जरा परिचय हुआ है।''

''यह तू क्या कह रही है री?''

''समय पर तू सब देख सकेगी।''

मनोरमा ने तब दूसरी बात छेड़ी, बोली–''जी चाहता है, एक बार देवदास को बुला लाऊँ और उसे यह सोने की प्रतिमा दिखाऊँ।''

पार्वती की सुध लौटी–''तू उसे बुलाएगी दीदी? एक बार उसे बुलाकर यहाँ नहीं लाया जा सकता है?''

उसकी आवाज सुनकर मनोरमा सिहर उठी–''तू उसे क्यों बुलाना चाहती है, पारू?''

पार्वती ने हाथ की चूड़ी को घुमाते-घुमाते अन्यमनस्क भाव से कहा–''एक बार उसके पैरों की धूल मैं अपने माथे से लगा लूँगी। आज मैं चली जाऊँगी।''

मनोरमा ने पार्वती को खींचकर अपने सीने से लगा लिया। दोनों बहुत रोईं। शाम हो गई थी। कमरे में अँधेरा छाया हुआ था। दादी ने दरवाजे को धकेलकर बाहर से कहा–''ओ पारू, ओ मनो, तुम लोग बाहर आओ बेटी।''

पार्वती उसी रात अपनी ससुराल चली गई।

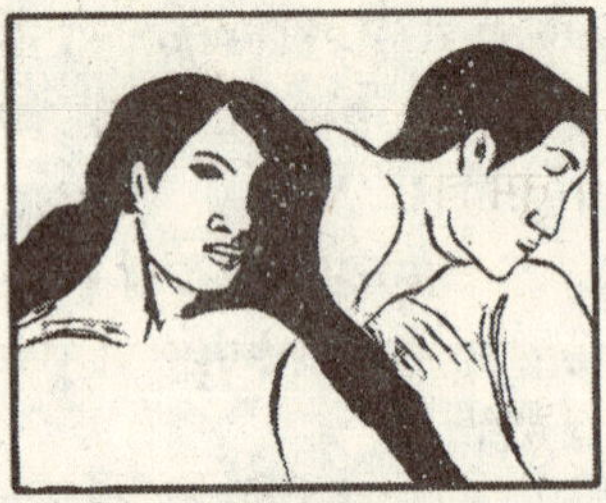

9

और देवदास? वह रात उसने कलकत्ता के इडेन गार्डेन की एक बेंच पर बैठे-बैठे बिता दी। ऐसी बात नहीं कि उसे बहुत दुख हुआ था, तकलीफ से उसका कलेजा फट गया था, कोई शिथिल उदासी धीरे-धीरे कलेजे के अन्दर जमा होती चली जा रही थी। जैसे नींद में लकवा मारा शरीर का कोई अंग जागने पर अपने वश में नहीं रहता है और जैसे विस्मित, स्तम्भित मन पल भर में यह भाँप नहीं सकता है कि क्यों उसका जनम का साथी, हमेशा का विश्वासी अंग उसके चाहने पर काम नहीं कर रहा है, और फिर जैसे उसके बाद धीरे-धीरे यह समझ में आ जाता है और जैसे धीरे-धीरे मन में यह होश पैदा होता है कि वह अब उसका अपना नहीं रहा, वैसे ही देवदास रात भर धीरे-धीरे यह समझ रहा था कि समय पर दुनिया को अचानक लकवा मार जाने की वजह से वह उससे हमेशा के लिए अलग हो गई है। अब उस पर गुस्सा और अभिमान कुछ भी नहीं रहेगा। पुराने हक के बारे में सोचने की कोशिश करना ही गलत होगा। तब सूरज निकल रहा था। देवदास उठकर खड़ा हो गया और सोचा—आखिर वह जाए तो जाए कहाँ? अचानक याद आया अपना कलकत्ता का डेरा। वहाँ चुन्नी लाल है। देवदास चलने लगा। रास्ते में उसने दो बार धक्का खाया, ठोकर लगी, तो उँगली लहूलुहान हो गई। लड़खड़ाकर वह एक आदमी पर गिरने ही वाला था कि तभी उसने उसे शराबी समझकर धकेल दिया। इस तरह से घूमते-घूमते वह शाम को मेस के दरवाजे पर आकर खड़ा हो गया। चुन्नी बाबू तब बन-ठनकर बाहर निकल रहे थे—"अरे देवदास तुम?"

देवदास चुपचाप निहारता रहा।

"तुम कब आए जी? चेहरा मुरझाया हुआ है, तुमने कुछ खाया-पिया नहीं है क्या? अरे, यह क्या कर रहे हो?" देवदास रास्ते पर ही बैठनेवाला था कि तभी चुन्नी लाल उसका हाथ पकड़कर उसे अन्दर ले गया। वहाँ अपने बिस्तर पर बिठाकर उसने उसे शान्त किया और पूछा—"क्या बात है देवदास?"

"मैं कल घर से आया हूँ।"

"तुम कल से आए हो? तो दिन भर तुम कहाँ थे? और रात को ही भला तुम कहाँ थे?"

"इडेन-गार्डन में।"

"तुम पागल हो गए हो क्या? अच्छा बताओ तो, तुम्हें क्या हुआ है?"

"सुनकर तुम क्या करोगे?"

"अच्छी बात है, मत बताओ। अब कुछ खा-पी लो। तुम्हारा चीज-बस्त कहाँ है?"

"मैं कुछ भी नहीं लाया हूँ।"

"जाने दो, कोई बात नहीं है। लो, अब तुम खाना खा लो।"

तब चुन्नी लाल ने जबरन उसे थोड़ा-सा खाना खिलाया। अपने बिस्तर पर उसे लेटने को कहा, और दरवाजा बन्द करते-करते बोला–"जरा सोने की कोशिश करो। मैं रात को जब आऊँगा तब तुम्हें उठा दूँगा।" इतना कहकर वह तब के लिए चला गया। रात दस बजे के अन्दर जब वह वापस आया, तो उसने देखा, देवदास उसके बिस्तर पर गहरी नींद में सोया हुआ है। उसे बिना पुकारे उसने खुद एक कम्बल खींच लिया और नीचे चटाई बिछाकर लेट गया। देवदास की नींद न रात में टूटी, न ही सुबह। दिन के दस बजे वह उठ बैठा और बोला–"चुन्नी बाबू, तुम कब आए जी?"

"मैं अभी-अभी आ रहा हूँ।"

"तब तो तुम्हें किसी तरह की दिक्कत नहीं हुई होगी?"

"नहीं, मुझे कोई दिक्कत नहीं हुई।"

देवदास थोड़ी देर तक उसके मुँह की तरफ निहारता रहा, उसके बाद बोला–"चुन्नी बाबू, मेरे पास तो कुछ नहीं है। तुम मेरा खर्च चलाओगे?"

चुन्नी लाल हँसा। वह यह जानता था कि देवदास के पिता बड़े धनवान व्यक्ति हैं। इसीलिए उसने हँसकर कहा–"मैं तुम्हारा खर्च चलाऊँगा। अच्छी बात है, तुम जब तक चाहो, रहो। फिक्र करने की कोई बात नहीं है।"

"चुन्नी बाबू, तुम्हारी आमदनी कितनी है?"

"भाई, मेरी मामूली आमदनी है। घर में थोड़ी-सी जमीन-जायदाद है, उसे अपने बड़े भाई के पास धरोहर रखकर मैं यहाँ रहता हूँ। वे मुझे हर महीने सत्तर रुपए के हिसाब से खर्चा भेज देते हैं। इतने रुपए में तुम्हारा और मेरा आराम से गुजर-बसर हो जाएगा।"

"तुम घर क्यों नहीं जाते हो?"

चुन्नी लाल ने तनिक मुँह घुमाया और कहा—"यह बड़ी लम्बी-चौड़ी कहानी है।"

देवदास ने फिर कुछ नहीं पूछा। क्रमशः खाने-पीने का बुलावा आया। उसके बाद दोनों ने नहा-धोकर खाना खाया। और जब दोनों फिर से कमरे में बैठे, तो चुन्नी लाल ने कहा—"देवदास, तुमने बाप से झगड़ा किया है?"

"नहीं, मैंने बाप से झगड़ा नहीं किया है।"

"तो और किसी से?"

देवदास ने पहले की तरह जवाब दिया—"नहीं, किसी और से भी नहीं।"

उसके बाद चुन्नी लाल को अचानक दूसरी बात याद आई। बोला—"ओ हो, तुम्हारी तो अभी तक शादी ही नहीं हुई है।"

ऐसे समय देवदास दूसरी तरफ मुँह घुमाकर लेट गया। थोड़ी ही देर में चुन्नी लाल ने देखा, देवदास सो गया है। इस तरह से सोते-सोते और भी दो दिन गुजर गए। तीसरे दिन सवेरे देवदास स्वस्थ होकर उठ बैठा। मुँह पर से वह घनी छाया बहुत-कुछ दूर हो गई सी लगी। चुन्नी लाल ने पूछा—"आज तबीयत कैसी है?"

"शायद बहुत-कुछ अच्छी है। अच्छा चुन्नी बाबू, रात को तुम कहाँ जाते हो?"

आज चुन्नी लाल शर्मिन्दा हो गया। बोला—"हाँ, रात को मैं एक जगह जाता हूँ। लेकिन तुम यह क्यों पूछ रहे हो?"

"अच्छा, अब तुम कॉलेज क्यों नहीं जाते हो?"

"नहीं, अब मैं कॉलेज नहीं जाता हूँ। मैंने पढ़ना-लिखना छोड़ दिया है।"

"छिः, ऐसा भी कहीं होता है? दो महीने बाद तुम्हारी परीक्षा है। पढ़ने में भी तुम बुरे नहीं हो। इस बार परीक्षा क्यों नहीं दोगे?"

"नहीं, मैं इस बार भी परीक्षा नहीं दूँगा। मैंने पढ़ना छोड़ दिया है।"

चुन्नी लाल चुप रहा। देवदास ने फिर से पूछा—"तुम कहाँ जाते हो, नहीं बताओगे? तुम्हारे साथ मैं भी जाऊँगा?"

चुन्नी लाल ने देवदास के मुँह की तरफ निहारकर कहा—"बात क्या है, जानते हो देवदास? मैं बहुत अच्छी जगह नहीं जाता हूँ।"

देवदास ने अपने मन से कहा—'अच्छी जगह या बुरी जगह। ये सब बेकार की बातें हैं।' प्रकट में बोला—"तुम मुझे अपने साथ वहाँ नहीं ले चलोगे?"

"सो तो मैं तुम्हें वहाँ ले जाऊँगा। मगर तुम वहाँ मत जाना।"

"नहीं, मैं वहाँ जाऊँगा ही। अगर अच्छा नहीं लगेगा तो फिर वहाँ नहीं जाऊँगा। लेकिन तुम तो सुख की आशा से वहाँ रोज जाते हो। चाहे जो भी हो चुन्नी बाबू, मैं वहाँ जरूर जाऊँगा?"

चुन्नी लाल मुँह घुमाकर जरा मुस्कुराया, मन-ही-मन कहा–'इसकी भी मुझ जैसी हालत है।' मुँह से कहा–"अच्छा, तो तुम मेरे साथ चलना।"

तीसरे पहर धर्मदास चीज-बस्त लेकर आ पहुँचा। देवदास को देखकर वह रो पड़ा–"देवता, आज तीन-चार दिनों से माँ जी कितना रो रही हैं..."

"क्यों रे? माँ क्यों रो रही हैं?"

"तुम बिना कुछ बताए अचानक क्यों चले आए?" उसने एक चिट्ठी निकाली और उसे देवदास के हाथ में देकर कहा–"यह माँ जी की चिट्ठी है।"

चुन्नी लाल अन्दरूनी बात समझने के लिए उत्सुक भाव से निहारता रहा। देवदास ने चिट्ठी पढ़कर रख दी। उसकी माँ ने उसे घर आने के लिए लिखा था। चिट्ठी में आदेश भी था और अनुरोध भी। समूचे घर में सिर्फ वे ही इस बात का अन्दाजा लगा सकी थीं कि देवदास यों घर छोड़कर क्यों चला गया है, उन्होंने छुपाकर धर्मदास के हाथों बहुत सारे रुपए भी भेजे थे। धर्मदास ने उन रुपयों को देवदास के हाथ में देकर कहा–"देवता घर चलो।"

"मैं घर नहीं जाऊँगा। तू लौट जा।"

रात को दोनों दोस्त बन-ठनकर बाहर निकले। देवदास की सजने-सँवरने में उतनी दिलचस्पी नहीं थी। मगर चुन्नी लाल मामूली पोशाक में बाहर निकलने को हरगिज राजी नहीं हुआ। रात के नौ बजे एक किराए की गाड़ी चितपुर के एक दुमंजिले मकान के सामने आ पहुँची। चुन्नी लाल देवदास का हाथ पकड़े अन्दर घुसा। मकान-मालकिन का नाम चन्द्रमुखी है। उसने आगे बढ़कर दोनों की अगवानी की। अबकी बार देवदास का समूचा बदन जल उठा, वह खुद भी यह नहीं जानता था कि वह इन कई दिनों से नारी की परछाईं से भी विमुख होता चला जा रहा था। ज्यों ही उसने चन्द्रमुखी को देखा त्यों ही उसके मन की गहरी घृणा दावानल की नाईं कलेजे के अन्दर जल उठी। उसने चुन्नी लाल के मुँह की तरफ निहारते हुए त्योरियाँ चढ़ाकर कहा–"चुन्नी बाबू, तुम मुझे यह कैसी बुरी जगह ले आए?"

उसकी तीखी आवाज और नजरों को देखकर चन्द्रमुखी और चुन्नी लाल दोनों ही हक्का-बक्का हो गए। दूसरे ही पल चुन्नी लाल ने अपने आपको सँभाल

लिया और देवदास का एक हाथ पकड़कर कोमल आवाज में कहा–''चलो, चलो, अन्दर जाकर बैठें।''

देवदास ने और कुछ नहीं कहा। कमरे के अन्दर आकर वह नीचे के बिस्तर पर खिन्न मन से मुँह नीचा किए बैठ गया। चन्द्रमुखी भी चुपचाप करीब ही बैठ गई। दाई ने चिलम चढ़ाकर चाँदी मढ़ा हुक्का दिया। देवदास ने उसे छुआ भी नहीं। चुन्नी लाल मुँह लटकाए चुपचाप बैठा रहा। जब दाई को यह सोचते नहीं बना कि वह करे तो क्या करे तो अन्त में वह चन्द्रमुखी के हाथ में हुक्का देकर चली गई। उसे दो-एक बार हुक्का पीते वक्त देवदास तीखी नजरों से उसके मुँह की तरफ निहारता रहा, उसके बाद अचानक बड़ी घृणा से बोल उठा–''कितनी गँवार और बुरी है देखने में।''

इसके पहले चन्द्रमुखी को कभी कोई बातों से हरा नहीं सका था। उसे शर्मिन्दा करना बड़ा कठिन काम है। लेकिन देवदास की यह हार्दिक घृणा की सरल और कठिन उक्ति उसके अन्दर जाकर पैठी। थोड़ी देर के लिए वह हक्का-बक्का हो गई। लेकिन थोड़ी देर बाद उसने और भी दो बार गुड़गुड़ाहट की। मगर चन्द्रमुखी के मुँह से और धुआँ बाहर नहीं निकला। तब चुन्नी लाल के हाथ में हुक्का देकर उसने एक बार देवदास के मुँह की तरफ गौर से देखा। उसके बाद वह चुपचाप बैठी रही। तीनों ही चुप्पी साधे रहे। सिर्फ गुड़गुड़ाहट हो रही थी, लेकिन वह जैसे डरते-डरते। दोस्तों के बीच बहस छिड़ने से अचानक बेकार का एक कलह हो जाने पर जैसे हरेक चुपचाप अपने मन में कुढ़ता रहता है और क्षुब्ध अन्तःकरण झूठमूठ में कहता रहता है–'यह सही है।' वैसे ही तीनों मन-ही-मन कहने लगे–'यह सही है। ऐसा कैसे हुआ?'

चाहे जैसे भी क्यों न हो, किसी को भी राहत नहीं मिल रही थी। चुन्नी लाल ने हुक्का रख दिया और नीचे उतर गया, शायद इसलिए कि उसे और कोई काम ढूँढ़े नहीं मिला। कमरे में देवदास और चन्द्रमुखी दोनों बैठे रहे। देवदास ने मुँह उठाकर कहा–''तुम रुपया लेती हो?''

चन्द्रमुखी सहसा जवाब नहीं दे सकी। आज वह चौबीस साल की है। इन नौ-दस बरसों के अन्दर विभिन्न प्रकृति के कितने लोगों से उसका घनिष्ठ परिचय हुआ है, लेकिन ऐसा अजीब आदमी उसने एक दिन भी नहीं देखा था। उसने जरा आनकानी करते हुए कहा–''जब आप यहाँ पधारे हैं...''

देवदास ने उसे अपनी बात खत्म करने ही नहीं दी। वह बीच में ही बोल उठा–''मेरे यहाँ पधारने की बात तुम मत करो। यह बताओ कि तुम रुपया लेती हो न?''

"हाँ, मैं रुपया लेती हूँ। अगर मैं रुपया नहीं लूँगी तो मेरा गुजर-बसर कैसे होगा?"

"रहने दो। मैं इतना सुनना नहीं चाहता।" इतना कहकर उसने अपनी जेब में हाथ डालकर एक नोट बाहर निकाला और उसे चन्द्रमुखी के हाथ में देकर चलने को तैयार हुआ। उसने एक बार गौर से भी नहीं देखा कि उसने उसे कितना रुपया दिया।

चन्द्रमुखी ने विनीत भाव से कहा, "आप इतनी जल्दी चले जाएँगे?"

देवदास ने बात नहीं की। वह बरामदे में आकर खड़ा हो गया।

चन्द्रमुखी का एक बार जी चाहा कि वह उसे रुपया लौटा ले, लेकिन किसी तीव्र संकोच के मारे वह उसे रुपया नहीं लौटा सकी। शायद उसे जरा डर भी लगा था। इसके अलावा चूँकि बहुत लांछन, गंजन और अपमान सहन करने की उन लोगों की आदत है इसीलिए वह मौन, निस्पन्द होकर चौखट पकड़े खड़ी रही। देवदास सीढ़ियाँ उतरकर नीचे चला गया।

सीढ़ियां उतरते वक्त चुन्नी लाल से उसकी मुलाकात हुई। उसने अचरज में पड़कर प्रश्न किया—"कहाँ जा रहे हो देवदास?"

"डेरे जा रहा हूँ।"

"यह तुम क्या कर रहे हो जी?"

देवदास और भी दो-तीन सीढ़ियाँ उतर गया।

चुन्नी लाल ने कहा—"तो चलो, मैं भी चलता हूँ।"

देवदास उसके करीब आया और उसका हाथ पकड़कर कहा—"चलो।"

"जरा रुको, मैं एक बार ऊपर से आता हूँ।"

"नहीं, मैं नहीं रुकूँगा। मैं जाता हूँ। तुम बाद में आना।" इतना कहकर देवदास चला गया।

जब चुन्नी लाल ऊपर आया तो देखा चन्द्रमुखी तब भी उसी तरह से चौखट पकड़े खड़ी है।

चन्द्रमुखी ने उसे देखा, तो बोली—"तुम्हारा दोस्त चला गया?"

"हाँ, वह चला गया।"

चन्द्रमुखी ने हाथ का नोट दिखाकर कहा—"यह देखो। लेकिन अगर तुम अच्छा समझो, तो इसे ले जाओ। तुम अपने दोस्त को यह लौटा देना।"

चुन्नी लाल बोला—"वह अपनी मर्जी से तुम्हें यह दे गया है। मैं इसे वापस क्यों ले जाऊँगा?"

इतनी देर बाद चन्द्रमुखी तनिक मुस्करा सकी, मगर उस मुस्कान में आनन्द

नहीं था। बोली–"उसने अपनी मर्जी से मुझे यह नहीं दिया है। बल्कि चूँकि हम लोग रुपया लेती हैं, इसलिए वह गुस्सा करके मुझे यह दे गया है। अच्छा, चुन्नी बाबू, वह क्या पागल है?"

"नहीं, वह जरा भी पागल नहीं है। लेकिन आज कई दिनों से शायद उसका मन अच्छा नहीं है।"

"क्यों, उसका मन क्यों अच्छा नहीं है? तुम कुछ जानते हो?"

"नहीं, मैं तो यह नहीं जानता। शायद घर में कुछ हुआ होगा?"

"तो फिर तुम उसे यहाँ क्यों लाए?"

"मैंने उसे यहाँ लाना नहीं चाहा था। वह खुद जबर्दस्ती आया था।"

चन्द्रमुखी अबकी बार वास्तव में विस्मित हुई। बोली–"वह खुद जबर्दस्ती यहाँ आया था? सब कुछ जानकर भी वह यहाँ आया था?"

चुन्नी लाल ने जरा सोचकर कहा–"हाँ, मैं ठीक कह रहा हूँ। वह तो सब कुछ जानता था। मैं तो उसे फुसलाकर यहाँ नहीं लाया था।"

चन्द्रमुखी थोड़ी देर तक चुप रही। उसके बाद न जाने क्या सोचकर उसने कहा–"चुन्नी, तुम मेरा एक उपकार करोगे?"

"क्या?"

"तुम्हारा दोस्त कहाँ रहता है?"

"वह मेरे साथ रहता है।"

"दूसरे दिन तुम उसे यहाँ ला सकोगे?"

"शायद मैं उसे यहाँ नहीं ला सकूँगा। इसके पहले भी कभी वह इन सब जगहों में नहीं आया था। बाद में भी शायद अब वह इन सब जगहों में नहीं आएगा। लेकिन तुम उसे यहाँ क्यों बुलाना चाहती हो? बताओ तो?"

चन्द्रमुखी जरा म्लान हँसी हँसकर बोली–"चुन्नी, चाहे जैसे भी क्यों न हो, फुसलाकर और एक बार तुम उसे यहाँ लाओ।"

चुन्नी हँसा, आँख मारकर बोला–"डाँट खाकर मन में प्यार पैदा हुआ क्या?"

चन्द्रमुखी भी हँसी, बोली–"तुमने यह नहीं समझा कि वह बिना देखे नोट दे जाता है।"

चुन्नी चन्द्रमुखी को कुछ पहचान सका था। उसने गरदन हिलाकर कहा–"नहीं-नहीं, नोट पर मरनेवाले लोग अलग होते हैं। तुम वैसी नहीं हो। मगर सही बात क्या है बताओ तो?"

चन्द्रमुखी बोली–"सचमुच ही थोड़ी ममता हो गई है।"

चुन्नी ने विश्वास नहीं किया। हँसकर कहा–"इन्हीं पाँच मिनटों के अन्दर?"

अबकी बार चन्द्रमुखी भी हँसने लगी। बोली–"हाँ, पाँच मिनटों के अन्दर। जब उसका मन अच्छा हो जाए, तो दूसरे दिन उसे यहीं लाना। मैं उसे और एक बार देखूँगी। तुम उसे यहाँ लाओगे न?"

"क्या पता?"

"तुम्हें मेरे सर की कसम। तुम उसे एक बार यहाँ लाना।"

"अच्छा, देखूँगा।"

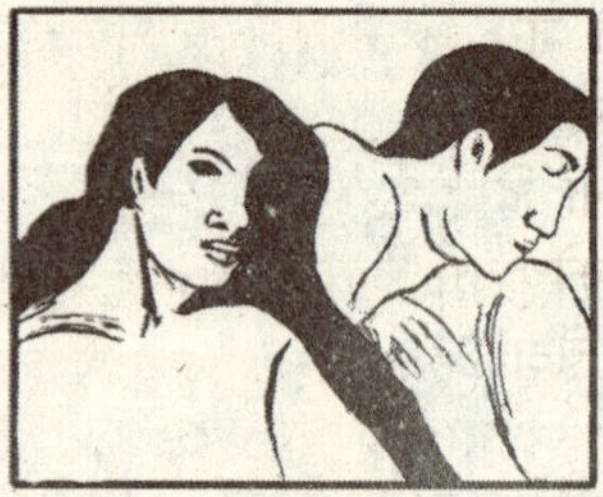

10

पार्वती ने आकर देखा, उसके पति का बहुत बड़ा मकान है। अंग्रेजी फैशन का नया मकान नहीं है। पुराने ढंग का है। सदर महल है, अन्दर महल है, पूजा करने का बरामदा है। नाट्यशाला है, अतिथिशाला है, कचहरी है, तोशाखाना है, नौकर-नौकरानियाँ हैं–पार्वती ठगी-सी रह गई। उसने सुना था, उसके पति बड़े आदमी हैं, जमींदार हैं। लेकिन उसने यह नहीं सोचा था कि इतना कुछ है सिर्फ आदमी की कमी है। नाते-रिश्तेदार लगभग नहीं के बराबर थे। इतना बड़ा अन्दर महल सुनसान था। पार्वती नई-नई बहू थी, एकबारगी गृहिणी बन बैठी। अगवानी करके घर में लाने के लिए एक बूढ़ी फूफी थीं। उनके सिवा सिर्फ नौकर-नौकरानियाँ थे।

शाम के पहले बीस साल के एक खूबसूरत नौजवान ने उसे प्रणाम किया और उसके करीब खड़ा होकर बोला–"माँ, मैं तुम्हारा बड़ा लड़का हूँ।"

पार्वती ने घूँघट के अन्दर से तनिक गौर से देखा, पर बात नहीं की। उसने उसे और एक बार प्रणाम किया और बोला–"मैं तुम्हारा बड़ा लड़का तुम्हें प्रणाम करता हूँ।"

पार्वती ने लम्बे घूँघट को माथे तक उठा दिया और अबकी बार उसने बात की। कोमल आवाज में बोली–"आओ बेटा, आओ।"

उस लड़के का नाम महेन्द्र है। वह थोड़ी देर तक पार्वती के मुँह की तरफ भौचक्का रहकर निहारता रहा। उसके बाद उसके करीब ही बैठ गया और विनीत स्वर में कहने लगा–"मेरी माँ को गुजरे आज दो साल हुए। हमारे ये दो साल दुख-तकलीफ में बीते हैं। आज तुम आईं–तुम आशीर्वाद दो माँ कि अबकी बार हम सुख से रह सकें।"

पार्वती ने बड़ी सहज आवाज में बात की। क्योंकि एकबारगी गृहिणी बनना हो, तो बहुत-सी बातें जानने और करने की जरूरत पड़ती है। मगर यह कहानी बहुतों को, हो सकता है, जरा अस्वाभाविक लगे। लेकिन जिन्होंने पार्वती को और

भी जरा अच्छी तरह से समझा है, उन्हें यह दिखाई पड़ेगा कि हालात के इस तरह-तरह के बदलाव ने पार्वती को उसकी उम्र के हिसाब से कहीं ज्यादा परिपक्व बना दिया था। इसके अलावा बेकार की लाज-शरम और बेवजह की झिझक-संकोच उसे किसी दिन नहीं थी। उसने पूछा–"मेरे और सब लड़के-लड़कियाँ कहाँ हैं बेटा?"

महेन्द्र ने जरा मुस्कुराकर कहा–"बताता हूँ। तुम्हारी बड़ी लड़की यानी मेरी छोटी बहन अपनी ससुराल में है। मैंने उसे यहाँ आने के लिए लिखा था। मगर यशोदा हरगिज नहीं आ सकी।"

पार्वती दुखी हुई, पूछा–"वह आ नहीं सकी या वह जान-बूझकर नहीं आई?"

महेन्द्र शर्मिन्दा हुआ, बोला–"यह तो मैं ठीक-ठीक नहीं जानता माँ।"

लेकिन उसकी बातों और मुँह के भाव से पार्वती ने समझा कि यशोदा गुस्सा करके ही नहीं आई थी। बोली–"और मेरा छोटा लड़का कहाँ है?"

महेन्द्र बोला–"जल्दी आएगा। वह कलकत्ता में है। वह परीक्षा देकर आएगा।"

भुवन चौधरी खुद ही जमींदारी का काम-काज देखते थे। इसके अलावा वे खुद अपने हाथों रोज शालग्राम शिला की पूजा करते थे, व्रत-उपवास करते थे, मन्दिर और अतिथिशाला में साधु-संन्यासियों के साथ सत्संग किया करते थे। इन सब कामों में उनका सुबह से लेकर रात के दस-ग्यारह बजे तक का वक्त कट जाता था। नई शादी करके वे किसी तरह का नया मनोरंजन नहीं करते थे। वे किसी दिन रात को अन्दर आते तो किसी दिन नहीं आ पाते। अगर वे किसी दिन रात को अन्दर आते तो भी बहुत मामूली बातचीत होती। बिस्तर पर लेटकर वे गावतकिया खींच लेते और आँखें मूँदकर ज्यादा से ज्यादा कहते–"अब तुम हो घर की गृहिणी, तुम खुद सब कुछ देख-भालकर समझ-बूझ लेना।"

पार्वती सर हिलाकर कहती–"अच्छा!"

भुवन कहते–"और देखो, सो ये लड़के-लड़कियाँ–हाँ, सो ये लोग तुम्हारे ही तो हैं सब..."

अपने पति की शर्म को देखकर पार्वती की आँखों की कोरों में हँसी खिलकर बाहर निकल आती। वे फिर जरा मुस्कुराकर कहते–"हाँ, यह देखो, यह महेन तुम्हारा बड़ा लड़का है, उसने हाल में बी.ए. पास किया है। वह इतना अच्छा लड़का है, उसमें इतनी दया-माया है, क्या बात है, जानती हो? उसे जरा जतन-हिफाजत और अपनापन..."

पार्वती अपनी हँसी दबाकर कहती—"मैं जानती हूँ, वह मेरा बड़ा लड़का है..."

"सो तो तुम जानोगी ही। ऐसा अच्छा लड़का किसी ने कभी नहीं देखा होगा। और मेरी यशोमती, तो लड़की नहीं, प्रतिमा है। सो वह तो आएगी ही। आएगी ही। भला अपने बूढ़े बाप को देखने नहीं आएगी। सो जब वह आएगी तो उसे..."

पार्वती उनके करीब जाकर उनके गंजे सर पर अपना कर-कमल रखकर मृदु स्वर में कहती—"तुम्हें फिक्र करने की जरूरत नहीं। यशो को लाने के लिए मैं आदमी भेजूँगी। अगर कोई नहीं गया, तो महेन खुद ही जाएगा।"

"हाँ, वह जाएगा। जाएगा। आह, मैंने उसे बहुत दिनों से देखा नहीं है। तुम उसे लाने के लिए आदमी भेजोगी?"

"हाँ, उसे लाने के लिए आदमी जरूर भेजूँगी। वह मेरी लड़की है, मैं उसे लाने के लिए आदमी नहीं भेजूँगी?"

भुवन चौधरी ऐसे समय उत्साह से उठ बैठते। आपसी रिश्ते को भूलकर वे पार्वती के सर पर अपना हाथ रखकर उसे आशीर्वाद देते हुए कहते—"तुम्हारा भला होगा। मैं तुम्हें आशीर्वाद देता हूँ, तुम सुखी होओगी, भगवान तुम्हें लम्बी उम्र देंगे।"

उसके बाद अचानक उन्हें कितनी बातें याद आ जातीं। वे फिर से बिस्तर पर लेट जाते और आँखें मूँदकर मन-ही-मन कहते—वह बड़ी लड़की है। वही एक लड़की है। वह उसे बहुत प्यार करती थी।

ऐसे समय उनके तिल चावल बालोंवाली मूँछ की बगल से होकर एक बूँद आँसू की तकिए पर आकर गिरती। पार्वती उसे पोंछ देती। कभी-कभार वे चुपके-चुपके कहते—"आह, पहले कितनी तड़क-भड़कवाली घर-गिरस्ती थी, बेटे थे, बेटी थी, पत्नी थीं, चहल-पहल थी, रोज दशहरा था। उसके बाद एक दिन सब बुझ गया। बेटे कलकत्ता चले गए, यशो को उसका ससुर ले गया। उसके बाद अँधेरा, मरघट।"

ऐसे समय उनकी मूँछों की दोनों बगल भीग जाती और उसके बाद तकिया भीगना शुरू करता। पार्वती दुखी होकर उनके आँसू पोंछ देती और कहती—"तुमने महेन की शादी क्यों नहीं करा दी?"

भुवन चौधरी कहते—"आह, ऐसा होता तो वह मेरे लिए सुख का दिन होता। यही तो मैंने सोचा था, लेकिन क्या जो है उसके मन में और क्यों जो वह इतनी जिद करता है, यह मैं समझ नहीं सकता। उसने हरगिज शादी नहीं की।

इसीलिए तो बुढ़ापे में घर-मकान सायँ-सायँ करता था, अभागे घर की तरह सब कुछ उदास था, कोई काम हरगिज नजर नहीं आता था...इसीलिए तो...''

उनकी बात सुनकर पार्वती को दुख होता। करुण सुर में हँसने का स्वाँग रचती और सर हिलाकर कहती–''अगर तुम बूढ़े हो जाओगे, तो मैं भी जल्दी बूढ़ी हो जाऊँगी। औरतों को बूढ़ी होने में क्या ज्यादा देरी लगती है जी?''

भुवन चौधरी उठ बैठते और एक हाथ से उसकी ठोड़ी को पकड़कर चुपचाप बहुत देर तक उसे निहारते रहते। कारीगर जिस तरह से प्रतिमा को सजा करके सर पर मुकुट पहनाकर दाएँ-बाएँ झुककर बहुत देर तक उसे देखता रहता है और जिस तरह थोड़ा गर्व और बहुत स्नेह उस सुन्दर मुखड़े के इर्द-गिर्द जमा हो जाता है भुवन चौधरी भी ठीक उसी तरह थोड़े गर्व और बहुत स्नेह से पार्वती के सुन्दर मुखड़े को बहुत देर तक देखते रहते थे। किसी दिन उनके मुँह से धीमे से बाहर निकल पड़ता था–''आह, यह मैंने अच्छा नहीं किया है...''

''तुमने क्या अच्छा नहीं किया है, जी?''

''सोचता हूँ यहाँ तुम फबती नहीं हो?''

पार्वती हँस उठती और कहती–''मैं यहाँ बहुत फबती हूँ। हम लोगों को भला फबना क्या है?''

भुवन चौधरी फिर लेट जाते और मन-ही-मन कहते–'मैं यह समझता हूँ, मैं यह समझता हूँ। सो, तुम्हारा भला होगा। भगवान तुम्हारी देखभाल करेंगे।'

इस तरह से लगभग एक महीना गुजर गया। बीच में एक बार चक्रवर्ती जी अपनी बेटी को ले जाने के लिए आए थे। पार्वती खुद ही जान-बूझकर नहीं गई। उसने अपने पिता से कहा–''पिताजी, बड़ी बेतरतीब घर-गिरस्ती है। मैं और थोड़े दिन बाद जाऊँगी।''

वे नजरें बचाकर मुँह दबाकर मुस्कुराए। मन-ही-मन बोले–'औरतें ऐसी ही होती हैं।'

उनके चले जाने पर पार्वती ने महेन्द्र को बुलाकर कहा–''बेटा, तुम मेरी बड़ी लड़की को एक बार ले आओ।''

महेन्द्र ने आनाकानी की। वह यह जानता था कि यशोदा हरगिज नहीं आएगी। बोला–''पिताजी एक बार जाते, तो अच्छा होता।''

''छिः, यह क्या अच्छा लगेगा! इससे अच्छा तो यह होगा कि चलो, हम माँ-बेटे लड़की को ले आवें।''

महेन्द्र भौचक्का रह गया–''तुम जाओगी?''

"हर्ज क्या है बेटा? मुझे वहाँ जाने में कोई शर्म नहीं है। अगर मेरे जाने से यशोदा आए और अगर उसका गुस्सा ठंडा हो, तो मेरा जाना क्या इतना कठिन है!"

लिहाजा, महेन्द्र अगले दिन यशोदा को लाने अकेला गया। वहाँ उसने कौन-सी तरकीब भिड़ाई थी, पता नहीं। लेकिन चार दिनों बाद यशोदा आ पहुँची। उस दिन पार्वती अजीब नए बेशकीमती जेवर पहने थी। हाल ही में भुवन बाबू ने उन्हें कलकत्ता से मँगवा दिया था। पार्वती आज उन्हें ही पहने बैठी हुई थी। रास्ते में आते-आते यशोदा क्रोध और अभिमान की बहुत-सी बातें मन-ही-मन दोहराते-दोहराते आई थी। नई बहू को देखकर वह बिलकुल ठगी-सी रह गई। वे सब बैर की बातें उसे याद ही नहीं आईं। सिर्फ धीमे-से बोली–"तो यही है।"

पार्वती यशोदा का हाथ पकड़कर उसे अपने कमरे में ले गई। उसे अपने करीब बिठाया और हाथ में पंखा लेकर बोली–"माँ, तुमने क्या बेटी पर गुस्सा किया है?"

यशोदा का चेहरा शर्म से लाल हो गया। पार्वती तब उन सारे जेवरों को एक-एक करके यशोदा को पहनाने लगी। अचरज में पड़ी यशोदा बोली–"यह तुम क्या कर रही हो?"

"कुछ भी नहीं। यह सिर्फ तुम्हारी बेटी की साध है।"

जेवर पहनने में यशोदा को बुरा नहीं लगा और जब यह सारे जेवर पहन चुकी, तो उसके होंठों पर हँसी की झलक दिखाई पड़ी। अपने सारे जेवर उतारकर यशोदा को पहनाने के बाद पार्वती बोली–"माँ, तुमने अपनी बेटी पर गुस्सा किया है?"

"नहीं-नहीं, मैं तुम पर गुस्सा क्यों करूँगी? इसमें गुस्सा करने की कौन-सी बात है?"

"हाँ, तुम ठीक कहती हो। इसमें गुस्सा करने की कोई बात नहीं है, माँ। यह तुम्हारा मायका है, इतना बड़ा घर है, कितने नौकर-नौकरानियों की जरूरत है। मैं एक नौकरानी के सिवा और कुछ नहीं हूँ। छिः, माँ, तुच्छ नौकर-नौकरानियों पर गुस्सा करना क्या तुम्हें शोभा देता है?"

यशोदा उम्र में पार्वती से बड़ी है, लेकिन बात करने में अभी भी वह उससे बहुत छोटी है। वह लगभग विह्वल हो गई। पंखा झलते-झलते पार्वती ने फिर कहा–"मैं दुखी की बेटी हूँ, तुम लोगों की कृपा से मुझे यहाँ थोड़ी-सी जगह मिली है। कितने दीन, दुखी, अनाथ तुम लोगों की कृपा से यहाँ रोज अपना पेट भरते हैं। मैं भी तो माँ, उन्हीं में से एक हूँ जो आश्रित है..."

यशोदा अभिभूत होकर सुन रही थी। अब बिलकुल आत्मविस्मृत होकर उसने चट से उसके पैरों को छूकर प्रणाम किया और बोल उठी—"मैं तुम्हारे पैरों पड़ती हूँ माँ।"

पार्वती ने उसका हाथ पकड़ लिया।

यशोदा बोली, "मेरा गुनाह माफ कर दो माँ।"

अगले दिन महेन्द्र ने यशोदा को एकान्त में बुलाकर कहा—"क्या री, तेरा गुस्सा ठंडा हुआ है?"

यशोदा ने जल्दी से अपने बड़े भाई के पैरों को छूकर कहा—"भैया, गुस्से में आकर छिः-छिः मैंने कितना कुछ कहा है। देखो, वह सब किसी को मत बताना।"

महेन्द्र हँसने लगा। यशोदा बोली—"अच्छा भैया, सौतेली माँ इतना लाड़-प्यार कर सकती है?"

दो दिनों बाद यशोदा ने खुद अपने पिता से कहा—"पिताजी, आप वहाँ चिट्ठी लिख दीजिए। मैं अभी दो महीने यहाँ से नहीं जाऊँगी।"

भुवन बाबू ने तनिक अचरज में पड़कर कहा—"क्यों, यशो, तुम अभी दो महीने यहाँ से क्यों नहीं जाओगी?"

यशोदा शरमाकर मन्द-मन्द हँसी और बोली—"मेरी तबीयत उतनी अच्छी नहीं है—अभी कुछ दिन मैं छोटी माँ के पास रहूँगी।"

आनन्द के मारे भुवन बाबू के आँसू निकल आए। शाम के वक्त उन्होंने पार्वती को बुलाकर कहा, "तुमने मुझे शर्म से बचा लिया है। जीती रहो, सुखी रहो।"

पार्वती बोली—"यह तुम कैसी बातें कर रहे हो?"

"मैं कैसी बातें कर रहा हूँ, यह मैं तुम्हें समझा नहीं सकता। नारायण! कितनी लाज, कितनी आत्मग्लानि से आज तुमने मुझे छुटकारा दिला दिया।"

शाम के अँधेरे में पार्वती ने यह नहीं देखा कि उसके पति की दोनों आँखों में आँसू भर आए हैं। और भुवन मोहन का छोटा बेटा विनोद लाल परीक्षा देकर जो घर आया सो फिर पढ़ने ही नहीं गया।

11

उसके बाद दो-तीन दिन देवदास झूठमूठ में राहों में घूमता फिरा–बहुत-कुछ पागलों जैसा। धर्मदास ने पता नहीं क्या कहने की कोशिश की थी कि तभी देवदास आँखें लाल करके उसे डाँट उठा। स्थिति देखकर चुन्नी लाल ने भी बात करने की हिम्मत नहीं की। धर्मदास ने रोते हुए कहा–"ऐसा क्यों हुआ?"

चुन्नी लाल ने कहा–"क्या हुआ है धर्मदास?"

एक अन्धे ने दूसरे अन्धे से रास्ते के बारे में पूछा। अन्दरूनी खबर दोनों में से कोई नहीं जानता है। धर्मदास ने अपनी आँखें पोंछते-पोंछते कहा–"चुन्नी बाबू, चाहे जैसे भी क्यों न हो, देवता को आप उसकी माँ के पास भेज दीजिए। अब अगर वह पढ़ेगा-लिखेगा नहीं, तो यहाँ रहकर क्या होगा?"

उसका कहना बिलकुल सही है। चुन्नी लाल सोचने लगा। चार-पाँच दिनों बाद एक दिन ठीक पहले की तरह शाम के वक्त चुन्नी लाल बाहर निकल रहा था कि तभी देवदास ने पता नहीं कहाँ से आकर उसका हाथ पकड़ा–"चुन्नी बाबू कहाँ जा रहे हो?"

चुन्नी लाल ने सकुचाकर कहने की कोशिश की–"हाँ, नहीं, तुम कहो, तो मैं अब वहाँ नहीं जाऊँगा।"

देवदास बोला–"नहीं, मैं तुम्हें वहाँ जाने से मना नहीं करता हूँ। मगर एक बात बताओ, वह यह कि किस उम्मीद से तुम वहाँ जाते हो?"

"भला मैं कौन-सी उम्मीद करूँगा! बस, यों ही, वहाँ जाने से वक्त कट जाता है।"

"वहाँ जाने से वक्त कट जाता है? पर मेरा वक्त तो काटे नहीं कटता है। मैं वक्त काटना चाहता हूँ।"

चुन्नी लाल थोड़ी देर तक उसके मुँह की तरफ निहारता रहा, शायद उसने उसके मन के भाव को उसके मुँह पर पढ़ने की कोशिश की। उसके बाद वह बोला–"देवदास, तुम्हें क्या हुआ है? यह तुम मुझे खोलकर बताओगे?"

"मुझे तो कुछ भी नहीं हुआ है।"

"तो तुम मुझे नहीं बताओगे?"

"नहीं चुन्नी, बताने की कोई भी बात नहीं है?"

चुन्नी लाल बहुत देर तक मुँह नीचा किए रहा। उसके बाद बोला–"देवदास, तुम मेरी एक बात मानोगे?"

"कौन-सी बात?"

"यह कि तुम्हें और एक बार वहाँ जाना होगा। मैंने उससे वादा किया है।"

"जहाँ मैं उस दिन गया था, वहीं न?"

"हाँ!"

"छिः, वहाँ मुझे अच्छा नहीं लगता है।"

"जिससे तुम्हें वहाँ अच्छा लगे, मैं इन्तजाम कर दूँगा।"

देवदास अन्यमनस्क की भाँति थोड़ी देर तक चुप रहा, फिर बोला–"अच्छा, तो चलो चलता हूँ।"

पतन के एक पायदान नीचे उतारकर चुन्नी लाल पता नहीं कहाँ खिसक गया था। अकेला देवदास चन्द्रमुखी के कमरे में नीचे बैठकर शराब पी रहा था। करीब ही बैठकर चन्द्रमुखी खिन्न चेहरे से निहारते-निहारते डरती हुई बोल उठी–"देवदास, और मत पियो।"

देवदास ने शराब का प्याला नीचे रखकर त्योरियाँ चढ़ाईं–"क्यों, मैं और क्यों नहीं पिऊँगा।"

"थोड़े ही दिनों से तुमने शराब पीना शुरू किया है। इतनी शराब पिओगे, तो बर्दाश्त नहीं कर सकोगे।"

"इसलिए शराब नहीं पीता हूँ कि मैं बर्दाश्त करूँगा, मैं सिर्फ इसलिए शराब पीता हूँ कि मैं यहाँ रहूँगा।"

यह बात चन्द्रमुखी बहुत बार सुन चुकी है। एक-एक बार उसे लगता है कि दीवार से सर टकराकर वह लहूलुहान हो जाए। देवदास को उसने प्यार किया है। देवदास ने शराब का प्याला फेंक दिया। कोच के पाये से टकराकर वह चकनाचूर हो गया। तब तिरछा होकर तकिए से टिककर उसने लड़खड़ाती जबान से कहा–"मुझमें इतनी ताकत नहीं है कि मैं उठ जाऊँ। इसीलिए मैं यहाँ बैठा रहता हूँ। होश नहीं रहता है, इसीलिए मैं तुम्हारे मुँह की तरफ निहारकर बात करता हूँ चन्द...र। तब भी मैं बेहोश नहीं होता हूँ। तब भी थोड़ा-सा होश रहता है। मैं तुम्हें छू नहीं सकता हूँ। मुझे बड़ी नफरत होती है।"

चन्द्रमुखी अपनी आँखें पोंछकर धीरे-धीरे कहने लगी–"देवदास, कितने लोग यहाँ आते हैं, वे लोग कभी शराब को छूते भी नहीं हैं।"

देवदास आँखें फैलाकर उठ बैठा। डगमगाते-डगमगाते इधर-उधर हाथ फेंककर बोला, "वे लोग शराब नहीं छूते हैं? अगर मेरे पास बन्दूक रहती तो मैं उन लोगों को गोली मार देता। वे लोग तो मुझसे भी ज्यादा पापी हैं, चन्द्रमखी।"

थोड़ी देर रुककर वह न जाने क्या सोचने लगा, उसके बाद फिर बोला–"अगर कभी भी मैं शराब छोड़ दूँ, यद्यपि मैं छोड़ूँगा नहीं, तो फिर मैं तो कभी यहाँ नहीं आऊँगा। मेरे लिए तो उपाय है, मगर उन लोगों का क्या होगा?"

तनिक रुककर वह कहने लगा–"मैंने बड़े दुख से शराब पीना शुरू किया है। हमारी मुसीबत और दुख की तुम दोस्त हो। अब मैं तुम्हें छोड़ नहीं सकता..."

देवदास तकिए पर अपना मुँह रगड़ने लगा। चन्द्रमुखी जल्दी से उसके पास आई और उसका मुँह उठा लिया। देवदास ने त्योरियाँ चढ़ाई–"छिः, तुम मुझे मत छुओ। अभी भी मुझे होश है। चन्द्रमुखी, तुम तो यह नहीं जानती हो, सिर्फ मैं जानता हूँ कि मैं तुम लोगों से कितनी नफरत करता हूँ। मैं हमेशा तुम लोगों से नफरत करूँगा, तब भी मैं यहाँ आऊँगा, तब भी यहाँ बैठूँगा। तब भी तुम लोगों से बात करूँगा। इसके सिवा कोई उपाय नहीं है। यह क्या तुम लोगों में से कोई समझेगा? हो, हो, लोग बुरा काम अँधेरे में करते हैं और मैं हूँ कि यहाँ नशे में धुत हो जाता हूँ। ऐसी सही जगह दुनिया में क्या और कोई है? और तुम लोग..."

देवदास नजरें टिकाकर थोड़ी देर तक उसके खिन्न चेहरे की तरफ निहारता रहा, फिर बोला–"आह, सहिष्णुता की प्रतिमूर्ति हो। औरतें कितना लांछन, गंजन, अपमान, अत्याचार, उपद्रव सह सकती हैं, तुम्हीं लोग इसकी मिसाल हो।"

उसके बाद वह चित होकर लेट गया। और चुपके-चुपके कहने लगा–"चन्द्रमुखी कहती है कि वह मुझे प्यार करती है। मैं यह नहीं चाहता, नहीं चाहता, नहीं चाहता। लोग थिएटर करते हैं, रंग-रोगन लगाते हैं, चोर बनते हैं, भीख माँगते हैं, राजा बनते हैं, रानी बनते हैं, प्यार करते हैं, प्यार की कितनी बातें कहते हैं, कितना रोते हैं, ठीक जैसे सब सही हो। मेरी चन्द्रमुखी थिएटर करती है, मैं देखता हूँ, लेकिन वह याद आती है, एक पल में न जाने क्या हो गया। वह कहाँ चली गई, और मैं किस रास्ते चला गया। अब जीवन में एक बहुत बड़ा

अभिनय शुरू हुआ है। एक घोर शराबी है और यह एक–हो, यही हो, बुरा क्या है। न आशा है और न भरोसा। न ही सुख है, न ही साध है। वाह, बहुत अच्छा!''

उसके बाद देवदास ने करवट बदली और बुदबुदाकर न जाने क्या कहने लगा।

चन्द्रमुखी उसे समझ नहीं सकी। थोड़ी ही देर में देवदास सो गया। चन्द्रमुखी तब उसके करीब आकर बैठी। उसने अपना आँचल भिगोकर उसका मुँह पोंछ दिया, भीगा तकिया बदल दिया। थोड़ी देर तक उसने पंखा झला, उसके बाद बहुत देर तक मुँह नीचा किए बैठी रही। तब रात के करीब एक बजा था। उसने दीया बुझाया, दरवाजा बन्द किया और दूसरे कमरे में चली गई।

12

दोनों भाई द्विजदास और देवदास तथा गाँव के बहुतेरे जमींदार नारायण मुखर्जी का दाह-संस्कार करके घर लौट आए। द्विजदास चिल्ला-चिल्लाकर पागलों जैसा हो गया है! मुहल्ले के परिजन उसे पकड़कर नहीं रख पा रहे हैं। और देवदास शान्त भाव से एक खम्भे की बगल में बैठा हुआ है। न मुँह में कोई शब्द है और न आँखों में एक बूँद आँसू। न कोई उसे पकड़ रहा है और न कोई उसे दिलासा देने की कोशिश कर रहा है। मधुसूदन घोष ने उसके नजदीक जाकर एक बार कहने की कोशिश की थी–"बेटा तकदीर में..."

देवदास ने हाथ से वह जगह दिखा दी, जहाँ द्विजदास है और कहा–"वहाँ, वहाँ जाइए।"

मधुसूदन घोष झेंप गया–हाँ, मैं यह जानता हूँ कि वे कितने बड़े आदमी हैं, आदि कहते-कहते चला गया। और कोई करीब नहीं आया। जब दोपहर ढल गई, तो देवदास अपनी नीम-बेहोश माँ के पैरों के पास जाकर बैठ गया। वहाँ बहुत-सी औरतें उन्हें घेरकर बैठी हुई हैं। पार्वती की दादी भी वहाँ मौजूद थीं। उन्होंने शोकग्रस्त विधवा से कहा–"बहू, आँखें खोलकर देखो बेटी, देवदास आया है।"

देवदास ने पुकारा–"माँ!"

उन्होंने सिर्फ एक बार निहारकर कहा–"बेटा!" उसके बाद उनकी आँखों की कोरों से आँसुओं की धारा बहने लगी। औरतें बुक्का फाड़कर रो उठीं। देवदास अपनी माँ के पैरों पर थोड़ी देर तक मुँह ढँके रहा। उसके बाद धीरे-धीरे उठ गया। वह गया दिवंगत पिता के सोने के कमरे में। उसकी आँखों में आँसू नहीं हैं। वह शान्त-गम्भीर है। लाल-लाल आँखों को ऊपर टिकाकर वह फर्श पर बैठ गया। जो भी उसका वह रूप देख पाता वह शायद डर जाता। माथे के दोनों बगल में दो नसें सूजी हुई हैं। बड़े-बड़े रूखे बाल खड़े हो गए हैं, तपे सोने का रंग काला पड़ गया है। कलकत्ता में लगातार शराब पीने, यहाँ आते वक्त रात भर जागने

और पिता की मौत की वजह से उसकी शक्ल-सूरत खराब हो गई है। एक साल पहले जिसने भी उसे देखा था वह अगर अभी उसे देखता तो वह शायद उसे पहचान नहीं सकता। पार्वती की माँ यह पता लगाकर कि देवदास आया है, थोड़ी देर बाद दरवाजा धकेलकर अन्दर आईं–"देवदास!"

"क्या है, चाची?"

"ऐसा करोगे, तो काम नहीं चलेगा, बेटा।"

देवदास ने उनके मुँह की तरफ निहारकर कहा–"मैंने क्या किया है चाची?"

पार्वती की माँ ने इसे समझा, लेकिन वे जवाब नहीं दे पाईं। उन्होंने देवदास का सर अपनी गोद के पास खींच लिया और बोलीं–"देवता बेटा!"

"क्या है चाची?"

"देवता चरण बेटा..."

देवदास उनके सीने के पास अपना मुँह रखकर इस बार रोया।

शोकग्रस्त परिवार का भी दिन बीतता है। क्रमशः सुबह हुई। रोना-धोना बहुत कम होने को आया। द्विजदास बिलकुल प्रकृतिस्थ हो गए हैं। उनकी माँ भी उठ बैठीं–वे अपनी आँखें पोंछते-पोंछते दिन का काम कर रही हैं। दो दिनों बाद द्विजदास ने देवदास को बुलाकर कहा–"देवदास, पिताजी के श्राद्ध में कितना खर्च करना चाहिए?"

देवदास ने अपने बड़े भाई के मुँह की तरफ निहारकर कहा–"जितना खर्च करना आप उचित समझें।"

"नहीं भाई, अब सिर्फ मेरे विचार से काम नहीं चलेगा। तुम बड़े हो गए हो, तुम्हारी राय जानना जरूरी है।"

देवदास ने पूछा–"कितना नकद रुपया है?"

"पिताजी की तहवील में डेढ़ लाख रुपए जमा हैं। मेरे विचार से दसेक हजार रुपए खर्च करना ही काफी होगा। क्यों, तुम्हारी क्या राय है?"

"मुझे कितना मिलेगा?"

द्विजदास ने जरा आनाकानी करके कहा–"सो बचे हुए रुपयों में से तुम्हें भी आधा मिलेगा। दस हजार खर्च होने पर तुम्हारे लिए सत्तर हजार और मेरे लिए सत्तर हजार रहेंगे।"

"माँ को क्या मिलेगा?"

"माँ नकद रुपया लेकर क्या करेगी? वह तो घर की गृहिणी है। हम लोग उसे खिलाएँगे-पिलाएँगे।"

देवदास ने जरा सोचकर कहा–"मेरे विचार से आपके हिस्से के पाँच हजार रुपए खर्च हों और मेरे हिस्से के पच्चीस हजार रुपए खर्च होंगे। बाकी पचास हजार में से मैं पच्चीस हजार लूँगा और बाकी पच्चीस हजार रुपए माँ के नाम से जमा रहेगा। आपका क्या विचार है?"

पहले पहल द्विजदास शर्मिन्दा हुए। बाद में बोले–"अच्छी बात है। लेकिन क्या बात है, जानते हो। मेरी पत्नी है, बेटा है, बेटी है। बेटी को ब्याहने और बेटे के जनेऊ कराने में बहुत खर्च होगा। सो यही सलाह अच्छी है। फिर वे जरा रुककर बोले–"सो, जरा लिख देने से..."

"वसीयत करने की जरूरत पड़ेगी क्या? पर वसीयत करना अच्छा नहीं लगेगा। मेरी इच्छा है कि रुपए-पैसे की बात इस वक्त गुप्त रूप से हो।"

"सो अच्छी बात है। मगर क्या बात है, जानते हो भाई..."

"अच्छा, मैं वसीयत कर देता हूँ।" उसी दिन देवदास ने वसीयत कर दी।

अगले दिन दोपहर में देवदास नीचे उतर रहा था, तभी सीढ़ी की बगल में उसे पार्वती दिखाई पड़ी तो वह ठिठककर खड़ा हो गया। पार्वती उसके मुँह की तरफ निहार रही थी, मानो पहचानने में उसे तकलीफ हो रही थी। देवदास गम्भीर, शान्त मुँह से उसके पास आया और बोला–"तुम कब आई पार्वती?"

वही आवाज। आज तीन साल बाद मुलाकात। पार्वती ने मुँह नीचा किए कहा–"मैं सवेरे आई हूँ।"

"बहुत दिनों से तुमसे मुलाकात नहीं हुई थी। बहुत अच्छी थी?"

पार्वती ने सर हिलाया।

"चौधरी जी अच्छे हैं? लड़के-लड़कियाँ सब अच्छे हैं?"

"सब अच्छा है।" पार्वती ने एक बार उसके मुँह की तरफ नजरें उठाकर देखा। लेकिन वह एक बार भी यह नहीं पूछ सकी कि वह कैसा है और वह क्या कर रहा है। अब तो कोई प्रश्न करना ही शोभा नहीं देता है।

देवदास ने कहा–"अभी कुछ दिनों तक यहाँ रहोगी न?"

"हाँ।"

"तो फिर क्या है।" इतना कहकर देवदास बाहर चला गया।

श्राद्ध खत्म हो गया है। उसके बारे में लिखने की कोशिश करने पर बहुत लिखना पड़ेगा। इसीलिए उसके बारे में लिखने की जरूरत नहीं है।

श्राद्ध के बाद वाले दिन पार्वती ने धर्मदास को एकान्त में बुलाया और उसके हाथ में सोने का एक हार देकर कहा–"धर्म, इसे तुम अपनी बेटी को पहनने के लिए देना।"

धर्मदास ने उसके मुँह की तरफ निहारा और अपनी नम आँखों को और भी पुरनम करके कहा–"आह, तुम्हें मैंने कितने दिनों से देखा नहीं था। सारी खबर अच्छी है न बेटी?"

"सब अच्छा है। तुम्हारे लड़के-लड़कियाँ अच्छे हैं?"

"हाँ, वे सब अच्छे हैं पारू।"

"तुम अच्छे हो?"

इस बार धर्मदास ने आह भरकर कहा–"नहीं, मैं अच्छा नहीं हूँ। अब यहाँ से चले जाने को जी चाहता है। मालिक चले गए..." धर्मदास शोक के जोश में कितना कुछ हो सकता है, कहता, लेकिन पार्वती ने उसे कहने से रोक दिया। यह सब खबर सुनने के लिए उसने उसे हार नहीं दिया था।

पार्वती बोल उठी–"यह तुम क्या कह रहे हो धर्म? तुम चले जाओगे, तो देव भैया की देखभाल कौन करेगा?"

धर्मदास ने माथा ठोंककर कहा–"जब वह बच्चा था तब मैंने उसकी देखभाल की थी। पर अब अगर उसकी देखभाल न करनी पड़े, तो मेरी जान बचे, पारू।"

पार्वती और भी करीब खिसक आई और बोली, "धर्म, एक बात सही बताओगे?"

"क्यों नहीं बताऊँगा बेटी?"

"तो सच-सच बताओ, देव भैया अभी क्या करता है?"

"करता है मेरा सर और पैर।"

"धर्मदास तुम खोलकर बताओ न?"

धर्मदास ने फिर से माथा ठोंककर कहा–"खोलकर भला क्या बताऊँ बेटी! यह क्या भला बताने की बात है! अब मालिक नहीं रहे। देवता के हाथों ढेरों रुपए आए। अब क्या वह किसी की सुनेगा?"

पार्वती का चेहरा बिलकुल फक पड़ गया। उसने इशारे में कुछ सुना था। वह उदास होकर बोली, "यह तुम क्या कह रहे हो, धर्मदास?" जब उसने मनोरमा की चिट्ठी से कुछ जाना था तब वह विश्वास नहीं कर सकी थी। धर्मदास सर हिलाकर कहने लगा–"न वह खाता है, न सोता है, सिर्फ बोतल पर बोतल शराब पीता है। तीन-चार दिनों तक पता नहीं कहाँ पड़ा रहता है। उसने कितने रुपए उड़ा दिए। सुनने में आता है कि उसने उसके लिए हजारों रुपयों के जेवर बनवा दिए हैं।"

पार्वती सर से लेकर पाँव तक काँप उठी–"धर्मदास, यह सब सच है?"

धर्मदास अपने मन से कहने लगा, "तेरी बात, हो सकता है, वह सुने। तू एक बार उसे शराब पीने से मना कर दे। कैसा बदन था, कैसा हो गया, इसी

कदर अगर वह शराब पीता रहा, तो वह भला कितने दिन बचेगा?" धर्मदास बार-बार माथा ठोंककर बोल उठा—"मन करता है, सर पटककर मर जाऊँ पारू और जीने को जी नहीं चाहता है।"

पार्वती उठ गई। नारायण बाबू की मौत की खबर पाकर वह भागी आई थी। सोचा था, दोपहर के वक्त उसे एक बार देवदास के पास जाना चाहिए। लेकिन उसका इतना प्रिय देवदास ऐसा हो गया है। कितनी बातें याद आने लगीं, इसकी सीमा नहीं थी। उसने जितना धिक्कार देवदास को दिया उससे हजार गुना ज्यादा धिक्कार उसने अपने आपको दिया। हजार बार उसे लगा अगर वह रहती तो क्या ऐसा होता? पहले ही उसने खुद अपने पैरों पर कुल्हाड़ी मारी थी, मगर वह कुल्हाड़ी अभी उसके सर पर पड़ी। उसका देव भैया ऐसा होता चला जा रहा है, इस तरह से बर्बाद हो रहा है और वह है कि पराए की घर-गिरस्ती को अच्छा बनाने के लिए परेशान है। पराए को अपना समझकर वह रोज अन्न बाँट रही है और उसका सर्वस्व आज भूखों मर रहा है। पार्वती ने प्रतिज्ञा की कि आज वह देवदास के पैरों पर सर पटककर मर जाएगी।

अभी भी शाम होने में थोड़ी देर है। पार्वती देवदास के कमरे में घुसी। देवदास बिस्तर पर बैठकर हिसाब देख रहा था। उसे नजरें उठाकर देखा। पार्वती धीरे-धीरे किवाड़ बन्द करके फर्श पर बैठी। देवदास मुँह उठाकर मुस्कुराया। उसका चेहरा खिन्न है, मगर शान्त है। अचानक ठिठोली करके उसने कहा—"अगर कलंक लगा दूँ तो?"

पार्वती शर्मिन्दा है। उसने अपने दोनों कमलनयन उसकी तरफ टिकाए रखे। फिर दूसरे ही पल उसने अपनी नजरें झुका लीं। उसने पल भर में यह समझा दिया कि यह बात उसके कलेजे के अन्दर हमेशा के लिए भाले की मानिन्द बिंधी हुई है। फिर अब तुम ऐसी बात क्यों कहते हो? वह कितनी बातें कहने आई थी। वह सब भूल गई। देवदास के आगे वह बात नहीं कर सकती है।

देवदास फिर हँस उठा। बोला—"मैंने समझा है री, समझा है, शर्म आ रही है, न रे?"

तब भी पार्वती बात नहीं कर सकी। देवदास कहने लगा—"इसमें भला शर्म कैसी? हम दोनों ने ही मिल-जुलकर एक लड़कपन कर डाला था। यह देख तो बीच में कैसी गड़बड़ हो गई। गुस्सा करके तूने, जो जी में आया, कहा। मैंने भी गुस्से में आकर यह दाग बना दिया। कैसा हुआ है!"

देवदास की बातों में जरा भी व्यंग्य या ताना नहीं था। प्रसन्न मुस्कुराते चेहरे पर अतीत की दुख-भरी कहानी थी। लेकिन पार्वती का कलेजा फटने लगा।

उसने साड़ी से मुँह को दबाकर अपनी साँस रोकी और मन-ही-मन बोली–देव भैया, यह दाग ही मेरा दिलासा है, मेरा सहारा है। तुम मुझे प्यार करते थे, इसीलिए कृपा करके तुमने हमारे बचपन का इतिहास मेरे माथे पर लिख दिया है। यह मेरे लिए न लाज की चीज है और न कलंक की। यह तो मेरे लिए सौभाग्य की चीज है।

"पारू!"

मुँह पर से आँचल हटाए बिना पार्वती ने कहा–"क्या?"

"तुझ पर मुझे बड़ा गुस्सा आता है।"

अबकी बार देवदास की आवाज भर्राने लगी–"पिताजी नहीं रहे। आज मेरे कितने दुख का दिन है। मगर तू रहती तो क्या चिन्ता थी। बड़ी बहू को तो तू जानती है। मेरे बड़े भाई का स्वभाव कैसा है, यह तुझसे छिपा हुआ नहीं है। बता तो, माँ को लेकर इस वक्त मैं क्या करूँ? और मेरा ही भला क्या होगा! कुछ भी समझ में नहीं आता है। तू रहती, तो मैं बेफिक्र होकर सब कुछ तेरे हाथों छोड़कर...यह क्या री पारू।"

पार्वती सुबकने लगी।

देवदास बोला, "तू रो रही है क्या? तो अब मैं नहीं कहूँगा।"

पार्वती अपनी आँखें पोंछते-पोंछते बोली–"कहो।"

देवदास ने पल भर में अपनी आवाज को साफ कर लिया और बोला– "पारू, तू क्या बहुत पक्की गृहिणी बन गई है री?"

पार्वती ने होंठों को अन्दर ही अन्दर दबाकर काटा, और मन-ही-मन बोली– 'खाक गृहिणी हूँ। सेमल का फूल क्या देवता को चढ़ाया जाता है?'

देवदास हँस उठा, उसने हँसते हुए कहा–"बड़ी हँसी आती है। थी तू इत्ती-सी, पर तू कितनी बड़ी हो गई। बड़ा घर है। बड़ी जमींदारी है, बड़े-बड़े लड़के-लड़कियाँ हैं और चौधरी जी हैं। सभी के सभी बड़े हैं क्या री पारू?"

चौधरी जी पार्वती के लिए बड़े मनोरंजन की चीज हैं। वे याद आते थे, तो उसे हँसी आती थी। इतने दुख में भी इसीलिए उसे हँसी आई।

देवदास ने बनावटी गम्भीरता के साथ कहा–"एक उपकार करोगी?"

पार्वती ने मुँह उठाकर कहा–"क्या?"

"तुम्हारे गाँव में अच्छी लड़की मिलती है?"

पार्वती ने घूँट निगला, खाँसकर बोली–"अच्छी लड़की? क्या करोगे?"

"अगर कोई अच्छी लड़की मिलेगी तो मैं उससे शादी करूँगा। शादी करके एक बार घर बसाने को जी चाहता है।"

पार्वती भली लड़की की तरह बोली–"बहुत खूबसूरत लड़की होनी चाहिए न?"

"हाँ, ठीक तुझ जैसी खूबसूरत होनी चाहिए।"

"और खूब भली भी?"

"नहीं, खूब भली लड़की की जरूरत नहीं है। बल्कि जरा शरारती होनी चाहिए। ऐसी जो तेरी तरह मुझसे झगड़ा कर सकती हो।"

पार्वती ने मन-ही-मन कहा–'कोई भी लड़की मेरी तरह तुमसे झगड़ा नहीं कर सकेगी देव भैया। क्योंकि ऐसा करने के लिए उसे भी तुम्हें उतना ही प्यार करना पड़ेगा जितना प्यार मैं तुम्हें करती हूँ।' पर मुँह से बोली, "मैं तो मुँहजली हूँ। मुझ जैसी हजारों लड़कियाँ धन्य हो जाएँगी अगर वे तुम्हारे चरणों में आ सकें।"

देवदास ने दिल्लगी करते हुए हँसकर कहा–"फिलहाल तू एक लड़की दे सकती है दीदी?"

"देव भैया, तुम सचमुच शादी करोगे?"

"मैंने तुझसे अभी-अभी कहा न कि मैं शादी करूँगा।" पर उसने खोलकर सिर्फ यह नहीं कहा कि उसे छोड़ कोई दूसरी लड़की इस जीवन में उसे नहीं सुहाएगी।

"देव भैया, एक बात बताओगे?"

"क्या?"

पार्वती ने अपने आपको जरा सँभाल लिया और बोली, "तुमने शराब पीना क्यों सीखा?"

देवदास हँस उठा, बोला–"पीने के लिए क्या कोई चीज सीखनी पड़ती है?"

"ऐसी बात नहीं, मैं पूछ रही हूँ कि तुमने शराब पीने की लत क्यों लगाई?"

"यह तुझसे किसने कहा? धर्मदास ने?"

"किसी ने भी कहा हो, पर क्या यह सच है?"

देवदास ने छल नहीं किया, बोला–"थोड़ा सच तो है।"

पार्वती थोड़ी देर तक स्तब्ध होकर बैठी रही। उसके बाद पूछा–"और तुमने उसके लिए हजारों रुपए के जेवर बनवा दिए हैं, न?"

देवदास ने हँसकर कहा–"पर वे जेवर मैंने अभी तक उसे नहीं दिए हैं। मैंने उन्हें बनवाकर रखा है। तू उन्हें लेगी?"

पार्वती ने हाथ पसारकर कहा–"दो! यह देखो, मुझे एक भी जेवर नहीं है।"

"चौधरी जी ने तुझे जेवर नहीं दिए हैं?"

"हाँ, उन्होंने मुझे जेवर दिए थे। लेकिन मैंने अपने सारे जेवर उनकी बड़ी

बेटी को दे दिए हैं।"

"तुझे क्या उसकी जरूरत है?"

पार्वती ने सर हिलाकर मुँह नीचा किया।

अबकी बार सचमुच ही देवदास की आँखों में आँसू आ रहे थे। देवदास मन में समझ पाया था कि कम दुख में कोई औरत अपना जेवर उतारकर बाँट नहीं देती है। मगर उसने अपने आँसुओं को दबाकर धीरे-धीरे कहा—"झूठी बात है पारू। किसी भी औरत को मैंने प्यार नहीं किया है। किसी को भी मैंने जेवर नहीं दिया है।"

पार्वती ने आह भरकर मन-ही-मन कहा—'मैं यही विश्वास करती हूँ।'

बहुत देर तक दोनों ही चुप रहे। उसके बाद पार्वती बोली, "लेकिन तुम यह प्रतिज्ञा करो कि अब तुम शराब नहीं पियोगे।"

"यह प्रतिज्ञा नहीं कर सकता। तुम क्या यह प्रतिज्ञा कर सकती हो कि तुम अब एक दिन भी मुझे याद नहीं करोगी?"

पार्वती ने बात नहीं की। ऐसे समय बाहर शाम की शंख-ध्वनि हुई। देवदास ने चौंककर खिड़की के बाहर निहारा और बोला—"शाम हो गई। अब तुम घर जाओ पारू।"

"मैं घर नहीं जाऊँगी। तुम प्रतिज्ञा करो।"

"मैं प्रतिज्ञा नहीं कर सकता।"

"क्यों, तुम प्रतिज्ञा क्यों नहीं कर सकते?"

"सभी क्या सब काम कर सकते हैं?"

"हाँ, चाहें तो जरूर कर सकते हैं।"

"तो तुम आज रात मेरे साथ भाग जा सकती हो?"

पार्वती की सहसा मानो धड़कन बन्द हो गई। अनजाने में मुँह से धीमे से निकल गया—"ऐसा क्या हो सकता है?"

देवदास बिस्तर पर जरा हटकर बैठ गया और बोला—"पार्वती, दरवाजा खोल दो।"

पार्वती हटकर आई, दरवाजे से पीठ लगाकर अच्छी तरह बैठी और बोली—"तुम प्रतिज्ञा करो कि तुम शराब नहीं पियोगे।"

देवदास उठकर खड़ा हो गया और धीर भाव से कहने लगा—"जबरन प्रतिज्ञा कराना क्या अच्छा है? या ऐसी प्रतिज्ञा कराने से कोई खास फायदा होता है? आज की प्रतिज्ञा कल, हो सकता है, न रहे। तू क्यों मुझे अब झूठा बनाएगी?"

फिर बहुत क्षण चुपचाप गुजर गए। ऐसे समय पता नहीं कहाँ किस कमरे

की घड़ी में टन-टन करके नौ बज गए। देवदास घबरा गया, बोला–"अरी पारू, दरवाजा खोल दे।"

पार्वती बात नहीं करती है।

"ओ पारू।"

"मैं हरगिज नहीं जाऊँगी।" इतना कहकर पार्वती अचानक रुके जोश से वहीं लोट गई। बहुत देर तक वह रोती रही। कमरे के अन्दर अभी गहरा अँधेरा है, कुछ भी दिखाई नहीं पड़ता है। देवदास ने सिर्फ अन्दाज से समझा! पार्वती फर्श पर गिरकर रो रही है। उसने धीरे-धीरे पुकारा–"पारू!"

पार्वती ने रोते हुए जवाब दिया–"देव भैया, मुझे बहुत दुख है।"

देवदास उसके करीब खिसक आया। उसकी भी आँखों में आँसू हैं, मगर उसकी आवाज नहीं भर्राई थी। "बोलो, यह क्या भला मैं नहीं जानता री?"

"देवदास भैया, मैं तो मरी जा रही हूँ। मैं कभी तुम्हारी सेवा नहीं कर सकी–मेरी जनम-जनम की साध..."

अँधेरे में अपनी आँखें पोंछकर देवदास बोला–"उसके लिए भी तो समय होता है।"

"अगर मैं तेरे घर जाऊँगा, तो तू मेरी बहुत सेवा करेगी?"

"यह मेरी बचपन की साध है। तुम मेरे स्वर्ग के देवता हो। तुम मेरी यह साध पूरी कर दो। अगर मैं उसके बाद मरूँ तो, मरने में भी मुझे दुख नहीं होगा।"

अबकी बार देवदास की भी आँखों में आँसू आ गए।

पार्वती ने फिर से कहा–"देव भैया, तुम मेरे घर चलो।"

देवदास ने अपनी आँखें पोंछकर कहा–"अच्छा, मैं तुम्हारे घर जाऊँगा।"

"तुम मुझे छूकर कहो कि तुम मेरे घर जाओगे।"

देवदास ने अन्दाज से पार्वती के पैरों को छूकर कहा–"मैं यह कभी नहीं भूलूँगा। मेरी सेवा करने पर अगर तुम्हारा दुख दूर हो, तो मैं तुम्हारे घर जाऊँगा। मरने के पहले भी मुझे यह याद रहेगा।"

13

पिता के मरने के छह महीने बाद तक लगातार घर में रहने की वजह से देवदास परेशान हो उठा। न सुख, न शान्ति, बिलकुल एकरस जीवन। ऊपर से लगातार पार्वती की फिक्र। आजकल हर काम में वह याद आती है। और भाई द्विजदास और पतिव्रता भाभी ने देवदास के दुख को और भी बढ़ा दिया।

देवदास की माँ की हालत भी देवदास की नाईं है। पति के मरने के साथ ही उनका सारा सुख खत्म हो गया है। दूसरे के अधीन रहने की वजह से यह घर उनके लिए लगातार असहनीय होता चला जा रहा है। आज कई दिनों से वे यह सोच रही हैं कि वे काशी जाकर रहेंगी। सिर्फ देवदास की शादी कराए बिना वे जा नहीं पा रही हैं। कह रही हैं, देवदास तू शादी कर, मैं देख लूँ। लेकिन यह कैसे सम्भव है? एक तो अशौच की स्थिति, दूसरे मनपसन्द लड़की ढूँढ़नी होगी। इसीलिए देवदास की माँ को बीच-बीच में इस बात का दुख होता है कि उस समय अगर वे पार्वती के साथ देवदास की शादी करा देतीं, तो अच्छा होता। एक दिन उन्होंने देवदास को बुलाकर कहा–"देवदास, अब और रहा नहीं जाता है। मैं कुछ दिनों के लिए काशी जाना चाहती हूँ।"

देवदास भी यही चाहता था, बोला, "मैं भी यही चाहता हूँ। हम लोग छह महीने बाद लौट आएँगे।"

"हाँ बेटा, चलो, काशी चलें। अन्त में वापस आने के बाद जब उनकी बरसी खत्म हो जाएगी तब मैं तेरी शादी करा दूँगी और तुझे घर बसाता देखकर मैं काशी चली जाऊँगी।"

देवदास राजी हुआ, अपनी माँ को कुछ दिनों के लिए काशी में छोड़ आया और कलकत्ता चला गया। कलकत्ता आकर तीन-चार दिनों तक देवदास ने चुन्नी लाल को ढूँढ़ा। पर वह नहीं मिला। डेरा बदलकर वह पता नहीं कहाँ चला गया है। एक दिन शाम के वक्त देवदास ने चन्द्रमुखी के बारे में सोचा। आखिर उससे मिलने में क्या बुराई है? इतने दिनों तक वह कतई याद नहीं आई थी। देवदास

जरा शरमा गया। उसने किराए पर एक गाड़ी की और शाम ढलने के बाद चन्द्रमुखी के घर के सामने आ पहुँचा। बहुत देर तक पुकारने के बाद अन्दर से जनानी आवाज में जवाब आया–"वह यहाँ नहीं है।"

सामने एक गैस पोस्ट था। देवदास हटकर उसके नजदीक आया और बोला–"तुम बता सकती हो कि वह कहाँ गई है?"

खिड़की खोलकर उसने गौर से देखा और बोली–"तुम क्या देवदास हो?"

"हाँ!"

"रुको, दरवाजा खोल देती हूँ।" दरवाजा खोलकर उसने कहा–"आओ!"

आवाज कुछ परिचित है। हालाँकि वह अच्छी तरह पहचान नहीं सका। जरा अँधेरा भी हो गया था। उसने सन्देह से कहा–"तुम बता सकती हो कि चन्द्रमुखी कहाँ है?"

वह मन्द-मन्द मुस्कुराकर बोली–"हाँ, मैं बता सकती हूँ कि चन्द्रमुखी कहाँ है। ऊपर चलो।"

इस बार देवदास पहचान सका–"अरे तुम?"

"हाँ, मैं। देवदास, तुम मुझे बिलकुल भूल गए।"

ऊपर जाकर देवदास ने देखा, चन्द्रमुखी काली किनारी वाली साड़ी पहने है, मगर वह साड़ी मैली है। हाथों में सिर्फ एक-एक चूड़ी है। दूसरा कोई जेवर नहीं है। बाल बेतरतीब हैं। उसने विस्मित होकर कहा–"तुम?" फिर उसने उसे अच्छी तरह से देखा। चन्द्रमुखी पहले की बनिस्बत बहुत दुबली हो गई है। बोला–"तुम बीमार हो गई थी?"

चन्द्रमुखी ने हँसकर कहा–"तन से जरा भी नहीं। तुम अच्छी तरह बैठो।"

देवदास ने बिस्तर पर बैठकर देखा, कमरे में शुरू से लेकर आखिर तक एकदम बदलाव किया गया है। मालकिन की भाँति उसकी भी दुर्दशा की सीमा नहीं है। एक भी सामान नहीं है। जहाँ पर भारी टेबुल-कुर्सियाँ रहती थीं, वह जगह खाली पड़ी हुई है। सिर्फ एक बिस्तर है, चादर मैली है। दीवारों पर टँगी हुई तसवीरें हटा दी गई हैं। लोहे की कीलें अभी भी गड़ी हुई हैं। दो-एक लाल फीते अभी भी लटक रहे हैं। ऊपर की घड़ी अभी भी ब्रैकेट पर है। मगर वह बन्द है। इर्द-गिर्द मकड़ियों ने मन के मुताबिक जाले बुन रखे हैं। एक कोने में एक दीया मद्धिम रोशनी फैला रहा है, उसी के सहारे देवदास ने घर के नए ढंग की सजावट को देख लिया। वह थोड़ा विस्मित, थोड़ा क्षुब्ध होकर बोला–"चन्द्र, ऐसी बुरी

हालत कैसे हुई?"

चन्द्रमुखी ने उदासी-भरी हँसी हँसकर कहा–"किसने कहा तुमसे कि बुरी हालत हुई है। मेरी तो किस्मत खुल गई है।"

देवदास समझ नहीं सका, बोला–"तुम्हारे बदन के जेवर भला गए कहाँ?"

"मैंने उन्हें बेच दिया है।"

"और माल-असबाब?"

"मैंने उन्हें भी बेच दिया है।"

"कमरे की तसवीरों को भी तुमने बेच दिया है?"

इस बार चन्द्रमुखी ने मुस्कुराकर सामने के एक घर को दिखाकर कहा–"उस घर की क्षेत्रमणि को मैंने बाँट दिया है।"

देवदास थोड़ी देर तक उसके मुँह की तरफ निहारता रहा, फिर बोला–"चुन्नी बाबू कहाँ हैं?"

"मैं बता नहीं सकती। उन्हें झगड़ा करके गए हुए दो महीने हो गए। वे फिर नहीं आए हैं।"

देवदास और भी अचरज में पड़ गया–"उसने तुमसे झगड़ा क्यों किया?"

चन्द्रमुखी बोली–"झगड़ा क्या नहीं होता है?"

"हाँ, झगड़ा होता है, मगर तुम दोनों में झगड़ा क्यों हुआ?"

"वह दलाली करने आया था, इसीलिए मैंने उसे भगा दिया था।"

"वह किस चीज की दलाली करने आया था?"

चन्द्रमुखी ने हँसकर कहा–"जूट की।" उसके बाद बोली–"तुम क्यों नहीं समझते हो? वह एक बड़े आदमी को पकड़ लाया था। वह मुझे हर महीने दो सौ रुपए देता, ढेरों जेवर देता और दरवाजे के सामने एक सिपाही को तैनात कर देता। समझे?"

देवदास ने समझा और हँसकर कहा–"पर वे सब तो दिखाई नहीं पड़ते हैं।"

"वे सब रहते तब न वे दिखाई पड़ते। मैंने उन लोगों को भगा दिया था।"

"पर उन लोगों का कसूर क्या था, जो तुमने उन लोगों को भगा दिया था।"

"कसूर तो ज्यादा कुछ नहीं था। लेकिन मुझे अच्छा नहीं लगा।"

देवदास ने बहुत देर तक सोचा और कहा–"तो तब से लेकर अब तक फिर कोई यहाँ नहीं आया है?"

"नहीं, तब से लेकर अब तक क्यों, तुम्हारे जाने के बादवाले दिन से ही यहाँ कोई नहीं आता है। सिर्फ चुन्नी बीच-बीच में आकर बैठता था। मगर दो

महीने से वह भी नहीं आता है।''

देवदास बिस्तर पर लेट गया। अन्यमनस्क भाव से वह बहुत देर तक चुप रहा। उसके बाद धीरे से बोला, ''तो तुमने अपनी दुकान बन्द कर दी, चन्द्रमुखी?''

''हाँ, मैं दिवालिया हो गई हूँ।''

देवदास ने उस बात का जवाब दिए बिना कहा–''मगर तुम खाओगी कैसे?''

''अभी-अभी तुमने सुना न कि मेरे पास जो जेवर थे उन्हें मैंने बेच दिया है।''

''जेवरों को बेचने से भला कितने रुपए मिले होंगे?''

''ज्यादा नहीं मिले हैं। लगभग आठ-नौ सौ रुपए मिले हैं। मैंने उन्हें एक परचूनी के पास रख दिया है। वह मुझे हर महीने बीस रुपए देता है।''

''पहले तो बीस रुपयों से तुम्हारा गुजारा नहीं होता था?''

''नहीं, आज भी अच्छी तरह से गुजार-बसर नहीं होता है। घर का तीन महीने का किराया बाकी है। इसीलिए मैं सोच रही हूँ कि हाथों की इन दोनों चूड़ियों को बेच करके सारा बकाया चुका दूँ और कहीं दूसरी जगह चली जाऊँ।''

''कहाँ जाओगी?''

''यह मैंने अभी भी तय नहीं किया है। किसी सस्ती जगह चली जाऊँगी। किसी ठेठ देहात में–जहाँ बीस रुपयों में महीने भर गुजर-बसर हो जाए।''

''तो तुम इतने दिनों तक क्यों नहीं गई थी। अगर सचमुच ही तुम्हें कोई दूसरी जरूरत नहीं है, तो इतने दिनों तक झूठमूठ में उधार-कर्ज क्यों बढ़ाया?''

चन्द्रमुखी ने मुँह नीचा किए थोड़ी देर तक सोच लिया। उसकी जिन्दगी में यह बात कहने में आज पहली बार उसे शर्म आई। देवदास बोला–''तुम चुप क्यों हो?''

चन्द्रमुखी बिस्तर के एक छोर पर सकुचाती हुई बैठी और धीरे-धीरे बोली–''तुम गुस्सा मत करना। जाने के पहले मैंने उम्मीद की थी कि तुमसे मुलाकात हो तो अच्छा है। मैं सोचती थी कि तुम, हो सकता है और एक बार आओ। आज तुम आए हो अब मैं कल ही जाने की तैयारी करूँगी। लेकिन तुम यह बता दोगे कि मैं जाऊँ, तो जाऊँ कहाँ?''

देवदास विस्मित होकर उठ बैठा, बोला–''सिर्फ मुझे देखने की उम्मीद में

तुम रुकी रही? मगर क्यों?''

''यह एक धारणा है। तुम मुझसे बहुत नफरत करते थे। इतनी नफरत किसी ने कभी भी मुझसे नहीं की थी, शायद इसीलिए। मैं नहीं जानती कि आज तुम्हें याद आएगा या नहीं, लेकिन मुझे अच्छी तरह याद है–जिस दिन तुम यहाँ पहली बार आए उसी दिन तुम पर मेरी नजर पड़ी। मैं यह जानती थी कि तुम दौलतमन्द के बेटे हो। लेकिन दौलत की उम्मीद से मैं तुम्हारी तरफ आकर्षित नहीं हुई थी। तुम्हारे पहले कितने लोग यहाँ आए-गए हैं, मगर किसी के अन्दर मैंने कभी तेज नहीं देखा था। और तुमने आते ही मुझे चोट पहुँचाई। एक अनचाहा सही, हालाँकि अनुचित कठोर व्यवहार तुमने किया था। तुम नफरत के मारे मुँह घुमाते रहे, अन्त में मसखरी करने की तरह कुछ दे गए। यह सब तुम्हें याद आता है क्या?''

देवदास चुप रहा। चन्द्रमुखी फिर से कहने लगी–''तभी से मैंने तुम पर नजर रखी। न प्यार करके, न ही नफरत करके। किसी नई चीज को देखने पर वह बहुत याद रहती है, वैसे ही मैं तुम्हें हरगिज नहीं भूल सकी थी। तुम जब आते थे तब मैं बहुत डरते-डरते सतर्क होकर रहती थी। लेकिन जब तुम नहीं आते थे तब कुछ भी अच्छा नहीं लगता था। उसके बाद फिर पता नहीं कौन-सी धुन सवार हुई कि मैं अपनी इन दोनों आँखों से बहुत सारी चीजों को दूसरी तरफ से देखने लगी। मुझमें बहुत बड़ा बदलाव आ गया। मैं पहले जैसी थी, वैसी अब नहीं रही। उसके बाद तुमने शराब पीना शुरू किया। शराब से मुझे बड़ी नफरत है। कोई नशे से धुत होता था, तो मुझे उस पर बड़ा गुस्सा आता था। लेकिन अब तुम नशे में धुत होते थे, तो मुझे तुम पर गुस्सा नहीं आता था। मगर मैं बहुत दुख पाती थी।'' इतना कहकर चन्द्रमुखी ने देवदास के पैरों पर अपना हाथ रखा और डबडबाई आँखों से बोली–''मैं बड़ी गई-गुजरी हूँ, तुम मेरे गुनाहों को माफ कर दो। तुम जितनी बातें कहते थे, जितनी घृणा से मुझे हटा देते थे उतना ही मैं तुम्हारे पास जाना चाहती थी। अन्त में तुम सो गए, रहने दो। वह सब मैं नहीं कहूँगी। हो सकता है, तुम फिर गुस्सा कर बैठो।''

देवदास कुछ भी नहीं बोला। नए ढंग की बातचीत उसे थोड़ा दुख दे रही थी। चन्द्रमुखी ने गुप्त रूप से अपनी आँखें पोंछीं और कहने लगी–''एक दिन तुमने कहा–हम लोग कितना बर्दाश्त करती हैं। हम लोग लांछन, अपमान, भयंकर अत्याचार और उपद्रव बर्दाश्त करती हैं। उसी दिन से मुझे बड़ा अभिमान हुआ है। मैंने सब बन्द कर दिया है।''

देवदास उठ बैठा और पूछा–''मगर दिन कैसे गुजरेंगे?''

चन्द्रमुखी बोली–"यह तो मैंने पहले ही कहा है।"

"सोचो, अगर वह तुम्हारा सारा रुपया हड़प ले तो..."

चन्द्रमुखी डरी नहीं। उसने शान्त, सहज भाव से कहा–"यह आश्चर्य की बात नहीं है। लेकिन मैंने यह भी सोचा है। मुसीबत में पड़ने पर मैं तुमसे थोड़ी भीख माँग लूँगी।"

देवदास ने सोचकर कहा–"अच्छी बात है। जरूरत पड़ने पर ले लेना। अब और कहीं जाने की तैयारी करो।"

"कल ही करूँगी। दोनों चूड़ियाँ बेचकर मैं एक बार परचूनी से मिलूँगी।"

देवदास ने अपनी जेब से सौ रुपए वाले पाँच नोट बाहर निकाले, उन्हें तकिए के नीचे रखा और बोला–"चूड़ियाँ मत बेचना। मगर परचूनी से मिल लेना। लेकिन जाओगी कहाँ? किसी तीर्थ-स्थान में?"

"नहीं देवदास! मैं किसी तीर्थ-स्थान में नहीं जाऊँगी? तीर्थ-स्थान पर मेरी उतनी आस्था नहीं है। मैं कलकत्ता से ज्यादा दूर नहीं जाऊँगी। नजदीक के किसी गाँव में जाकर रहूँगी।"

"तो क्या तुम किसी भद्र परिवार में नौकरानी का काम करोगी?"

चन्द्रमुखी की आँखों में फिर आँसू आए। उसने उन्हें पोंछकर कहा–"मन नहीं करता है। स्वतन्त्र रूप से आराम से रहूँगी। क्यों दुख उठाने जाऊँ? शरीर का दुख मैंने किसी दिन बर्दाश्त नहीं किया है, अभी भी बर्दाश्त नहीं कर सकूँगी। और ज्यादा खींचातानी करने पर हो सकता है, शरीर चौपट हो जाए।"

देवदास खिन्न मुँह से जरा मुस्कराया, बोला–"लेकिन शहर के नजदीक रहोगी, तो हो सकता है फिर लालच में पड़ जाओ। इस बात का विश्वास नहीं कि आदमी का मन कब क्या कर बैठे।"

अबकी बार चन्द्रमुखी का मुँह प्रफुल्लित हुआ। वह हँसकर बोली–"तुम्हारा कहना सही है। इस बात का कोई विश्वास नहीं कि आदमी का मन कब क्या कर बैठे। लेकिन मैं अब लालच में नहीं पड़ूँगी। मैं यह भी जानती हूँ कि औरतों को बहुत ज्यादा लालच होता है। लेकिन जब मैंने लालच की सारी चीजों को जान-बूझकर छोड़ दिया है तब अब मुझे कोई डर नहीं। अचानक अगर झोंक में आकर मैंने उन चीजों को छोड़ा होता, तब तो, हो सकता है, सावधान होने की जरूरत थी। मगर इतने दिनों के अन्दर एक दिन भी तो मुझे अफसोस नहीं करना पड़ा है। मैं तो बड़े सुख से हूँ।"

फिर भी देवदास ने सर हिलाया, बोला–"औरतों का मन बड़ा चंचल होता

है, उस पर विश्वास नहीं करना चाहिए।''

अबकी बार चन्द्रमुखी बिलकुल उसके करीब आकर बैठी। उसका हाथ पकड़कर बोली—''देवदास।''

देवदास ने उसके मुँह की तरफ निहारा पर अभी वह यह नहीं कह सका कि मुझे मत छूना।

चन्द्रमुखी ने उसके दोनों हाथों को खींचकर अपनी गोद पर लिया और स्नेह-भरी आँखों को फैलाकर तनिक काँपती आवाज में बोली—''आज आखिरी दिन है, आज अब गुस्सा मत करना। एक बात पूछने की मेरी बड़ी साध होती है।'' इतना कहकर वह पल भर टकटकी लगाकर देवदास के मुँह की तरफ निहारती रही, फिर बोली—''पार्वती ने तुम्हें क्या बहुत ज्यादा चोट पहुँचाई है?''

देवदास ने त्योरियाँ चढ़ाकर कहा—''तुम यह क्यों पूछ रही हो?''

चन्द्रमुखी विचलित नहीं हुई। शान्त, दृढ़ स्वर में बोली—''मुझे काम है। मैं तुमसे सच कह रही हूँ। तुम दुख पाते हो तो मुझे भी बहुत दुख होता है। इसके अलावा मैं शायद बहुत बातें जानती हूँ। बीच-बीच में तुम नशे की खुमारी गें बहुत-सी बातें कहते थे, मैंने उन्हें सुना है। मगर तब भी मुझे विश्वास नहीं होता है कि पार्वती ने तुम्हें धोखा दिया है। बल्कि लगता है, तुमने खुद ही अपने आपको धोखा दिया है। देवदास मैं उम्र में तुमसे बड़ी हूँ, इस दुनिया में मैंने बहुत सारी चीजें देखी हैं। जानते हो, मुझे क्या लगता है? पक्का लगता है, तुम्हीं से गलती हुई है। लगता है, चूँकि औरतें चंचल और अस्थिर चित्त होती हैं इसलिए उनकी जितनी बदनामी होती है, उतनी बदनामी के लायक वे नहीं हैं। उनको बदनाम भी तुम्हीं लोग करते हो और उनकी तारीफ भी तुम्हीं लोग करते हो। तुम लोगों को जो कहना है उसे तुम लोग अनायास कहते हो। लेकिन वे ऐसा नहीं कर सकती हैं। वे अपने मन की बात जाहिर नहीं कर सकती हैं, अगर वे अपने मन की बात जाहिर करती हैं, तो भी उसे सभी नहीं समझते हैं। क्योंकि वह बड़ा अस्पष्ट होता है और तुम लोगों के मुँह के आगे वह दब जाता है। उसके बाद बदनामी ही लोगों के मुँह से ज्यादा स्पष्ट हो जाती है।''

चन्द्रमुखी जरा रुकी, अपनी आवाज को और भी तनिक साफ करके वह कहने लगी—''इस जिन्दगी में प्यार का कारोबार मैंने बहुत दिनों तक किया है। लेकिन मैंने सिर्फ एक बार प्यार किया है। उस प्यार की बहुत कीमत है। मैंने बहुत सीखा है, जानते हो न, प्यार एक चीज है और रूप का मोह दूसरी चीज है। ये दोनों बड़ी गड़बड़ी मचाते हैं और मर्द ही ज्यादा गड़बड़ी मचाते हैं। रूप का मोह हम लोगों को तुम लोगों से बहुत कम है, इसीलिए एक ही पल में हम

लोग तुम लोगों की तरह पागल नहीं हो जाती हैं। तुम लोग आकर जब प्यार जताते हो, कितनी बातों, कितने ढंग से जब तुम लोग प्यार जाहिर करते हो तब हम लोग चुप रहती हैं। बहुत समय तुम लोगों के मन को दुख देने में शर्म आती है, दुख होता है, संकोच होता है। मुँह देखने में भी जब नफरत महसूस होती है तब भी, हो सकता है शर्म के मारे यह नहीं कह सकती हो कि मैं तुम्हें प्यार नहीं कर सकती। उसके बाद एक बाहरी प्यार का अभिनय चलता है। एक दिन जब प्यार का अभिनय हो जाता है, तो मर्द गुस्से से बेचैन होकर कहता है–कैसी फरेबी है। सभी यही बात सुनते हैं, यही बात समझते हैं। हम लोग तब भी चुप रहती हैं। मन में कितना दुख होता है, मगर कौन उसे देखने की कोशिश करता है।''

देवदास ने कोई बात नहीं की। वह भी थोड़ी देर तक चुपचाप उसके मुँह की तरफ निहारती रही, फिर बोली, ''हो सकता है, मन में एक ममता पैदा हो जाती है। औरतें सोचती हैं शायद यही प्यार है। शान्त, धीर भाव से वह घर-गिरस्ती का काम-काज करती है, दुख के समय वह तुम लोगों की जी-जान से मदद करती है, तुम लोग उसकी कितनी तारीफ करते हो, मुँह से उसे कितनी शाबाशी देते हो। लेकिन हो सकता है, तब भी उसे प्यार का ककहरा नहीं आता हो। उसके बाद किसी बुरी घड़ी में उसका कलेजा असहनीय दुख से छटपटाकर बाहर निकल आए, तब...।'' इतना कहकर उसने देवदास के मुँह की तरफ तीखी निगाह डाली और बोली–''तब तुम लोग चिल्लाकर बोल उठते हो...कलंकिनी। छिः-छिः।''

अचानक देवदास ने अपने हाथ से चन्द्रमुखी का मुँह दबा दिया और बोल उठा–''चन्द्रमुखी, यह तुम क्या कह रही हो?''

चन्द्रमुखी ने धीरे-धीरे उसका हाथ हटा दिया और बोली–''डरो मत देवदास। मैं तुम्हारी पार्वती की बात नहीं कहती हूँ।'' इतना कहकर वह चुप हो गई।

देवदास भी थोड़ी देर तक चुप रहा, फिर अन्यमनस्क की मानिन्द बोला–''लेकिन कर्तव्य है न! धर्म-अधर्म है न!''

चन्द्रमुखी बोली, ''सो तो है ही। और चूँकि कर्तव्य और धर्म-अधर्म है इसीलिए जो सच्चा प्यार करता है वह बर्दाश्त किया करता है। सिर्फ दिल से प्यार करने से भी कितना सुख है, कितनी तृप्ति है, जिसे इसका पता चलता है वह बेकार में घर-संसार में दुख और अशान्ति लाना नहीं चाहता है। लेकिन मैंने क्या कहा था देवदास! मैं यह पक्का जानती हूँ कि पार्वती ने तुम्हें एक दिन भी धोखा

नहीं दिया है, तुमने अपने आपको ही धोखा दिया है। आज तुम्हारी मजाल नहीं है कि तुम यह समझ सको, मैं यह जानती हूँ। लेकिन अगर कभी वक्त आए, तब तुम, हो सकता है यह देख सको कि मैंने सही बात कही थी।''

देवदास की दोनों आँखों में आँसू भर आए। आज न जाने क्यों उसे यह लगने लगा कि चन्द्रमुखी की बात सही है। इन आँसुओं को चन्द्रमुखी देख पाई, लेकिन उसने उन्हें पोंछने की कोशिश नहीं की। वह मन-ही-मन कहने लगी–'मैंने तुम्हें बहुत बार बहुत तरह से देखा है, मैं तुम्हारे मन को जानती हूँ। मैंने यह अच्छी तरह समझा है कि आम मर्दों की तरह तुम इरादतन प्यार जता नहीं सकते। लेकिन रही रूप की बात, तो रूप को कौन प्यार नहीं करता है। चूँकि तुम भी रूप को प्यार करते हो, लेकिन सिर्फ इसीलिए तुम अपना इतना तेज रूप के पैरों पर निछावर कर डालोगे, यह मुझे हरगिज विश्वास नहीं होता है। पार्वती, हो सकता है, बहुत रूपवती हो, मगर तब भी लगता है, उसी ने तुम्हें पहले प्यार किया था, उसी ने पहले तुम्हें यह बताया था।'

मन-ही-गन कहते-कहते सहसा उसके मुँह से धीमे से बाहर से निकल पड़ा–''मैंने खुद अपनी ही स्थिति से यह समझा है कि वह तुम्हें कितना प्यार करती है।''

देवदास झटपट उठ बैठा और बोला, ''क्या कहा तुमने?''

चन्द्रमुखी बोली–''कुछ नहीं! मैं कह रही थी कि वह तुम्हारे रूप पर नहीं रीझी है। तुममें रूप तो है, मगर उस पर रीझा नहीं जा सकता है। यह तीखा, रूखा रूप सबको नजर भी नहीं आता है। लेकिन जिसे यह रूप नजर आता है वह फिर अपनी नजरें फिरा नहीं सकता है।'' इतना कहकर वह एक लम्बी साँस छोड़कर बोली–''तुममें कितना आकर्षण है, यह वही जानता है जिसने कभी तुम्हें प्यार किया है। इस स्वर्ग से शौक से लौट जानेवाली औरत क्या दुनिया में है?''

फिर थोड़ी देर बाद वह चुपचाप उसके मुँह की तरफ निहारती रही, फिर हौले-हौले कहने लगी–''यह रूप तो नजर नहीं आता है। कलेजे के बिलकुल बीचोबीच इसकी गहरी छाया पड़ती है। उसके बाद दिन खत्म होने पर यह चिता में जलकर राख बन जाता है।''

देवदास ने विह्वल दृष्टि से चन्द्रमुखी के मुँह की तरफ निहारकर कहा, ''आज यह सब तुम क्या कह रही हो?''

चन्द्रमुखी ने मन्द-मन्द हँसकर कहा–''जिसे प्यार नहीं किया जाता है वह अगर जबरन प्यार की बात सुनाए, तो ऐसी मुसीबत नहीं है देवदास। लेकिन मैं सिर्फ पार्वती की वकालत कर रही थी, अपनी नहीं।''

देवदास ने उठने की तैयारी करते हुए कहा–''अब मैं जाता हूँ।''

''और थोड़ी देर बैठो। मैंने तुम्हें कभी होश में नहीं पाया था। कभी इस तरह से तुम्हारा हाथ पकड़कर मैं तुमसे बात नहीं कर पाई थी–इसमें कितनी तृप्ति है।'' इतना कहकर वह अचानक हँस पड़ी।

देवदास ने भौचक्का होकर कहा–''तुम हँसी क्यों?''

''बस यों ही। सिर्फ एक पुरानी बात याद आ गई। वह आज दस बरस पहले की बात है–जब मैं प्यार करके घर छोड़कर चली आई थी। तब लगता था, मैं कितना प्यार करती हूँ। शायद जान भी दे सकती थी। उसके बाद एक दिन एक तुच्छ जेवर को लेकर हम दोनों में ऐसा झगड़ा हो गया कि फिर कभी किसी ने किसी का मुँह नहीं देखा। मैंने अपने मन को दिलासा दिया कि वह मुझे कतई प्यार नहीं करता था। अगर वह मुझे प्यार करता होता, तो वह मुझे एक जेवर नहीं देता।''

और एक बार चन्द्रमुखी अपने मन से हँस उठी। दूसरे ही पल वह शान्त, गम्भीर मुँह से हौले-हौले बोली–''भाड़ में जाए जेवर! तब क्या मैं यह जानती थी कि एक मामूली से सर-दर्द को अच्छा करने के लिए भी जान तक दी जा सकती है। तब न मैं सीता-दमयन्ती का दुख समझती थी, जगाई-मघाई की बात पर विश्वास करती थी। अच्छा देवदास, इस दुनिया में सब सम्भव है, न?''

देवदास कुछ भी नहीं कह सका। हक्का-बक्का जैसा थोड़ी देर तक टुकुर-टुकुर निहारता रहा, फिर बोला–''अच्छा, तो मैं जाता हूँ।''

''डरते क्यों हो? और भी थोड़ी देर बैठो। मैं तुम्हें अब फुसलाकर नहीं रखना चाहती–मेरा वह दिन बीत गया है। अभी तुम मुझसे जितनी नफरत करते हो, उतनी ही नफरत मैं अपने आपसे करती हूँ। मगर देवदास, तुम शादी क्यों नहीं कर लेते?''

इतनी देर बाद देवदास ने आह भरी, तनिक मुस्कुराकर बोला–''हाँ, शादी तो करनी चाहिए। लेकिन मन नहीं करता।''

''शादी करने का मन न करे, तो भी शादी करो। बेटे-बेटियों का मुँह देखोगे, तो भी बहुत शान्ति पाओगे। इसके अलावा मेरे लिए भी एक उपाय हो जाएगा। तुम्हारे घर-संसार में नौकरानी की तरह रहकर मैं आराम से दिन बिता सकूँगी।''

देवदास ने मुस्कुराते हुए कहा–''अच्छा, तब मैं तुम्हें बुलाऊँगा?''

चन्द्रमुखी उसकी मुस्कान को देख नहीं पाई, बोली–''देवदास, और एक बात पूछने को जी चाहता है।''

''क्या?''

"तुमने इतनी देर तक मुझसे बात क्यों की?"

"बात करने से कोई दोष हुआ है क्या?"

"सो तो मैं नहीं जानती। लेकिन यह नई बात तो है। शराब पीकर होश न गँवाने पर कभी तो पहले तुम मेरा मुँह नहीं देखते थे।"

देवदास ने उस सवाल का जवाब दिए बिना खिन्न मुँह से कहा–"अभी शराब नहीं छूना चाहिए। मेरे पिताजी चल बसे हैं।"

चन्द्रमुखी बहुत देर तक करुण दृष्टि से निहारती रही, फिर बोली–"इसके बाद फिर शराब पिओगे?"

"कह नहीं सकता।"

चन्द्रमुखी ने उसके दोनों हाथों को और जरा खींच लिया और भर्राई आवाज में बोली–"अगर हो सके, तो शराब पीना छोड़ देना। असयम ऐसी प्रिय जान बरबाद मत करना।"

देवदास सहसा उठकर खड़ा हो गया और बोला–"मैं चला। जहाँ जाओ, खबर देना और अगर कभी भी किसी चीज की जरूरत हो, तो मुझे बताने में शरमाना नहीं।"

चन्द्रमुखी ने उसके पैर छूकर प्रणाम किया और बोली–"तुम मुझे आशीर्वाद दो कि मैं सुखी होऊँ। और एक विनती–ईश्वर न करें। लेकिन अगर कभी नौकरानी की जरूरत हो, तो मुझे याद करना।"

"अच्छा।"

इतना कहकर देवदास चला गया।

चन्द्रमुखी ने हाथ जोड़कर, रोते हुए कहा–"भगवान, ऐसा करना कि एक बार और उससे मेरी मुलाकात हो।"

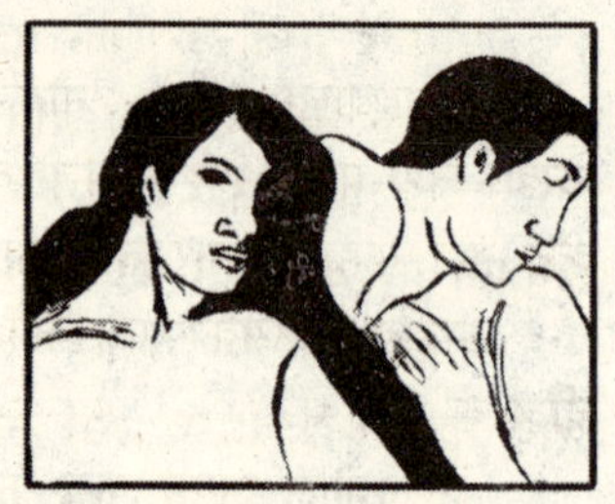

14

महेन्द्र की शादी कराके पार्वती के बहुत निश्चिन्त हुए दो बरस हुए। जलदबाला बुद्धिमती और कार्यकुशल है। पार्वती की बदली घर-गिरस्ती का बहुत काम वही करती है। पार्वती ने अब दूसरी ओर मन लगाया है। उसकी शादी हुए आज पाँच बरस हुए। लेकिन बच्चा नहीं हुआ है। चूँकि अपना कोई बाल-बच्चा नहीं है, इसलिए दूसरे के बच्चों के प्रति उसका बड़ा खिंचाव है। गरीब-दुखियों की बात तो दूर रहे, जिन लोगों की माली हालत अच्छी है, उन लोगों के बेटे-बेटियों का ज्यादा से ज्यादा खर्च वही वहन करती है। इसके अलावा मन्दिर का काम करने, साधु-संन्यासियों की सेवा करने और अन्धे-लँगड़ों की सेवा-शुश्रूषा में उसका दिन बीत रहा है। अपने पति से कहकर पार्वती ने और एक अतिथिशाला बनवाई है। वहाँ निराश्रय, असहाय लोग मर्जी के मुताबिक रह सकते हैं। जमींदार की तरफ से उन्हें रोटी-कपड़ा मिलता है। और एक काम पार्वती बड़े गुप्त रूप से करती है। अपने पति को भी यह नहीं जानने देती है। वह यह कि गरीब भद्र-परिवार की छिपाकर वह आर्थिक सहायता करती है। यह आर्थिक सहायता वह अपने निजी पैसे से करती है। पति से हर महीने उसे जो मिलता है सभी वह इसी में खर्च करती है। लेकिन जिस तरह से जो भी खर्च हो, सदर कचहरी के मुखतार-गुमाश्ते से यह छिपा नहीं रहता है। अपने बीच वे लोग बातें किया करते हैं। नौकरानियाँ छिपकर सुन आती हैं कि घर-गिरस्ती का खर्च आजकल दूने से ज्यादा बढ़ गया है। तहवील खाली है। कुछ भी, जमा नहीं हो रहा है। घर-गिरस्ती का फालतू खर्च बढ़ जाने पर नौकर-नौकरानियों के लिए वह भयंकर हो जाता है। उन लोगों से जलद यह सब बात सुन पाती है। एक दिन रात को उसने अपने पति से कहा—"तुम क्या इस घर के कोई नहीं हो?"

महेन्द्र बोला, "तुम यह क्यों पूछ रही हो, बताओ तो?"

जलदबाला बोली–"नौकर-नौकरानियों को दिखाई पड़ता है और तुम्हें दिखाई नहीं पड़ता है? पिताजी को तो नई पत्नी जान से भी प्यारी है। वे तो अब कुछ नहीं कहेंगे। मगर तुम्हें तो कहना चाहिए।"

महेन्द्र ने उसकी बात नहीं समझी। लेकिन वह उत्सुक हो उठा, पूछा–"किस चीज के बारे में?"

जलदबाला अपने पति को सलाह देने लगी–"नई माँ को बच्चा नहीं है। घर-गिरस्ती से उन्हें क्यों लगाव होगा। उन्होंने सब उड़ा दिया। तुम्हें दिखाई नहीं पड़ता है क्या?"

महेन्द्र ने त्योरियाँ चढ़ाकर कहा–"कैसे?"

जलद बोली–"तुम्हें आँखें होतीं, तो तुम देख पाते। आजकल घर-गिरस्ती का खर्च बढ़कर दूना हो गया है। सदावर्त बाँटा जाता है, दान-खैरात दिया जाता है, अतिथि-फकीरों को खिलाया-पिलाया जाता है। अच्छा, वे तो अपना परलोक सुधार रही हैं। लेकिन तुम्हारे भी तो बच्चे होंगे? तब वे लोग क्या खाएँगे? अपनी चीज बाँटकर अन्त में क्या भीख माँगोगे?"

महेन्द्र बिस्तर पर उठ बैठा और बोला–"तू किसकी बात कर रही है? माँ की?"

जलद बोली–"मेरी किस्मत ही जली हुई है कि यह सब भला मुँह खोलकर कहना पड़ता है।"

महेन्द्र बोला–"इसीलिए तुम माँ की शिकायत करने आई हो?"

जलद ने गुस्सा करके कहा–"मुझे शिकायत-विकायत करने की जरूरत नहीं है। मैंने तुम्हें सिर्फ अन्दर की खबर बता दी। नहीं तो तुम अन्त में मुझे ही दोष देते।"

महेन्द्र बहुत देर तक चुपचाप बैठा रहा, फिर बोला, "तुम्हारे मायके में रोज चूल्हा नहीं जलता है। तुम जमींदार के घर के खर्चे की बात क्या समझोगी?"

अबकी बार जलद भी गुस्सा हो उठी, बोली–"तुम्हारी माँ के मायके में भला कितनी अतिथिशालाएँ हैं, जरा सुनूँ तो सही?"

महेन्द्र और बहस किए बिना चुपचाप पड़ा रहा। सवेरे उठकर वह पार्वती के पास आया और बोला–"तुमने कैसी लड़की से मेरी शादी करा दी माँ? इसके साथ तो जिन्दगी बिताई ही नहीं जा सकती है। मैं कलकत्ता चला।"

पार्वती ने अचम्भे में पड़कर कहा–"क्यों बेटा?"

"वह तुम लोगों के नाम से कटु बातें कहती है। मैंने उसे छोड़ दिया।"

पार्वती कुछ दिनों से बड़ी बहू का आचरण देखती आ रही थी। लेकिन

उसने अपने उस भाव को दबा दिया और हँसकर बोली–"छिः बेटा, वह तो मेरी बड़ी अच्छी बेटी है।" उसके बाद उसने जलद को एकान्त में बुलाकर कहा–"बहू झगड़ा हुआ है क्या?"

सुबह से ही जलद अपने पति के कलकत्ता जाने की तैयारियाँ देखकर मन-ही-मन डर रही थी। सास की बात सुनकर वह रो पड़ी और बोली–"मेरा ही दोष है माँ। लेकिन ये नौकरानियाँ ही खर्चे-वर्चे की बात को लेकर बातें करती हैं।"

पार्वती ने तब सब कुछ सुना। वह खुद शर्मिन्दा हुई, बहू की आँखें पोंछ दीं और बोली–"बहू, तुमने ठीक कहा है। लेकिन बेटी, मैं उतनी दुनियावी समझवाली नहीं हूँ। इसीलिए मुझे यह याद नहीं था कि कितना खर्च हो रहा है।"

उसके बाद उसने महेन्द्र को बुलाकर कहा–"तुम गुस्सा मत करो। बहू ने कोई दोष नहीं किया है। तुम पति हो, तुम्हारी मंगल-कामना के आगे पत्नी के लिए और सब कुछ तुच्छ होना चाहिए। तुम्हारी बहू बड़ी प्यारी है।"

लेकिन उसी दिन से पार्वती ने अपना हाथ समेट लिया। अतिथिशाला और मन्दिर की अब उतनी सेवा नहीं हुई। अनाथ, अन्धे, फकीर बहुतेरे लौट जाने लगे। भुवन चौधरी ने जब यह सुना, तो उन्होंने पार्वती को बुलाकर कहा–"छोटी बहू, लक्ष्मी का भंडार क्या खाली हो गया?"

पार्वती ने मुस्कुराकर जवाब दिया–"सिर्फ देने से ही तो काम नहीं चलेगा। कुछ दिनों तक जमा भी तो करना होगा। देख नहीं रहे हो, खर्च कितना बढ़ गया है!"

"बढ़ रहा है तो बढ़ने दो। मैं अब और कितने दिनों का मेहमान हूँ। कुछ दिनों तक सत्कर्म करके परलोक को भी तो सुधारना चाहिए।"

पार्वती ने हँसकर कहा–"यह बस बड़े स्वार्थियों जैसी बात है जी। सिर्फ अपना ही हित देखोगे? बाल-बच्चों का हित क्या नहीं देखोगे? कुछ दिनों तक फिर चुप रहो। उसके बाद फिर सब होगा। आदमी का काम तो भला खत्म नहीं हो जाता है।"

लिहाजा, चौधरी जी शान्त हुए।

पार्वती का काम अब कम हो गया है। इसीलिए उसकी फिक्र थोड़ी बढ़ गई है। मगर तमाम चिन्ताओं का ही एक ढंग होता है। जिसे उम्मीद है वह एक तरह से सोचता है और जिसे उम्मीद नहीं है वह दूसरी तरह से सोचता है। पहले कही चिन्ता के अन्दर सजीवता है, सुख है, तृप्ति है, दुख है, उत्कंठा है। इसीलिए वह आदमी को थका देती है। आदमी ज्यादा देर तक सोच नहीं सकता है। लेकिन नाउम्मीद लोगों को न सुख है, न दुख और न उत्कंठा। हालाँकि तृप्ति है।

आँखों से आँसू भी गिरते हैं, गम्भीरता भी है, लेकिन गम्भीरता रोज नए सिरे से मर्म-भेद नहीं करती है। वह हल्के बादलों की मानिन्द जहाँ-तहाँ उड़ती जाती है। जहाँ उसे हवा नहीं लगती वह वहाँ रुक जाती है। और जहाँ उसे हवा लगती है वहाँ से हट जाती है। तन्मय मन चिन्तारहित विचारों की एक सार्थकता प्राप्त करता है। पार्वती का आजकल ठीक यही हाल हुआ है। जब वह पूजा-पाठ करने बैठती है, तो उसका अस्थिर, उद्देश्यहीन हताश मन चट से एक बार तालसोनापुर की बँसवारी, अमराई, पाठशाला, बाँध के तट आदि से घूम आता है। फिर पार्वती, हो सकता है, किसी ऐसी जगह में छिप जाती हो जहाँ से वह अपने आपको ढूँढ़कर बाहर नहीं निकाल सकती हो। पहले हो सकता है, होंठों की कोरों पर हँसी आई थी, अब, हो सकता है, एक बूँद आँसू टप से अर्घ के पानी के साथ घुल-मिल जाता हो। तब भी दिन बीतता है। वह काम करती है, मीठी-मीठी बातें करती है, परोपकार करती है, सेवा-शुश्रूषा भी करती है। फिर सब कुछ भूलकर ध्यान में डूबी योगिनियों की भाँति भी रहती है। कोई उसे लक्ष्मी-स्वरूपा अन्नपूर्णा कहता है। कोई उसे अन्यमनस्क संन्यासिनी कहता है। लेकिन कल सवेरे से उसमें एक दूसरी तरह का बदलाव दिखाई पड़ा है। मानो वह कुछ तीखा हो, कुछ कठोर हो। उस ज्वार से भरी डरावनी गंगा में अचानक न जाने कहाँ से भाटा आ गया है। घर का कोई इसका कारण नहीं जानता है, सिर्फ हम जानते हैं। मनोरमा ने कल गाँव से एक चिट्ठी लिखी है। उसमें उसने जो कुछ लिखा है वह इस प्रकार है–

''पार्वती,

बहुत दिनों से, हम दोनों में से किसी ने किसी को चिट्ठी नहीं लिखी है। इसलिए हम दोनों ही दोषी हैं। मेरी इच्छा है कि सब रफा-दफा हो जाए। हम दोनों ही अपना-अपना दोष कबूल करके अपने-अपने अभिमान को कम करें। लेकिन मैं बड़ी हूँ, इसीलिए मैंने माफी माँग ली। आशा करती हूँ, तुम जल्दी जवाब दोगी। मेरे यहाँ आए लगभग एक महीना हुआ। हम गृहस्थ-घर की औरतें उतना नहीं समझती हैं कि हमारी सेहत अच्छी है या बुरी। हम मरती हैं तो लोग कहते हैं–उसने गंगालाभ किया और जिन्दा रहती हैं, तो लोग कहते हैं–वह अच्छी है। वैसे ही मैं भी अच्छी हूँ। मगर यह तो हुई अपनी बात, फालतू बात। ऐसी भी बात नहीं है कि काम की भी ऐसी कोई बात है। लेकिन एक जानकारी देने को बड़ा जी चाहा है। कल से मैं सोच रही हूँ कि यह जानकारी तुम्हें दूँ या नहीं। अगर मैं तुम्हें यह जानकारी दूँगी, तो तुम्हें दुख होगा और

अगर नहीं दूँगी, तो भी मैं जिन्दा नहीं रहूँगी–मेरी हालत मारीच की-सी हुई है। देवदास की बात सुनकर तुम्हें तो दुख होगा ही। लेकिन मैं भी तो तुम्हारे बारे में सोचकर रोए बिना नहीं रह सकती हूँ। भगवान ने तुम्हें बचा लिया है, वरना तुम जो अभिमानी हो, अगर तुम उसके हाथों पड़ती तो या तो तुम डूब मरती या जहर खा लेती। और उसकी बात आज न सही, दो दिनों बाद तो सुनोगी ही। क्योंकि जो बात दुनिया भर के लोग जानते हैं वह दबाए नहीं दब सकती।

"उसके यहाँ आए आज लगभग छह-सात दिन हुए। तुम तो यह जानती हो कि देवदास की माँ काशी में रहती हैं और देवदास कलकत्ता में। वह घर आया है, अपने बड़े भाई से सिर्फ झगड़ा करने और रुपया लेने। सुना कि ऐसे वह बीच-बीच में आता है। जब तक रुपए का जुगाड़ नहीं होता है तब तक वह यहाँ रहता है और रुपया मिलते ही यहाँ से चला जाता है।

"उसके पिता को मरे आज ढाई साल हुए। तुम यह सुनकर अचरज में पड़ जाओगी कि इतने से समय के अन्दर उसने अपनी आधी सम्पत्ति उड़ा दी है। द्विजदास बड़ा हिसाबी आदमी है, इसीलिए उसने अपनी पैतृक सम्पत्ति किसी तरह से बचाकर रखी है, नहीं तो इतने दिनों में पाँच आदमी उसे लूट लेते। शराब और वेश्या के पीछे वह अपनी सारी सम्पत्ति बेच रहा है। कौन उसे बचाएगा? अगर कोई उसे बचा सकता है तो वह है यम। अब उसके मौत के मुँह में जाने में ज्यादा देरी नहीं है। सबसे अच्छा तो यह हुआ है कि उसने शादी नहीं की है।

"आह दुख भी होता है। न वह सोने का-सा रंग है और न वह पहले जैसा रूप है। और न पहले जैसी शक्ल-सूरत है। यह तो जैसे कोई और हो। रूखे बाल हवा में उड़ रहे हैं, आँखें धँस गई हैं। नाक तलवार-सी खड़ी हो गई है। अब मैं तुम्हें यह क्या कहूँ कि वह कितना बदसूरत हो गया है। उसे देखने पर नफरत होती है, डर लगता है। दिन भर हाथ में बन्दूक लिये नदी के किनारे, बाँध के तट पर परिन्दों को मारता फिरता है। और जब धूप में सर चकरा जाता है तो बाँध के तट पर उसी बेर के पेड़ के नीचे मुँह नीचा किए बैठा रहता है। शाम के बाद घर जाकर शराब पीता है–रात को सोता है या घूमता-फिरता है, भगवान जानें।

"उस दिन शाम के वक्त मैं नदी में पानी भरने गई थी, देखती

हूँ, देवदास हाथ में बन्दूक लिये मुँह लटकाए धीरे-धीरे चला जा रहा है। जब वह मुझे पहचान पाया, तो वह मेरे पास आकर खड़ा हो गया। मैं तो डर के मारे मरी जा रही थी। घाट वीरान था। मैं उस दिन अपने होश में नहीं थी। भगवान ने बचा लिया है कि उसने किसी तरह की कोई शरारतपूर्ण हरकत या बदमाशी नहीं की थी। निरीह, शरीफ आदमी की तरह उसने शान्त भाव से कहा—मनो, तुम अच्छी हो न दीदी?

"मैं भला क्या करती, डरते-डरते गरदन हिलाकर बोली—हुँ!"

"तब उसने एक आह भरी और बोला—सुख से रहो, बहन। तुम लोगों को देखता हूँ तो बड़ी खुशी होती है। उसके बाद वह धीरे-धीरे चला गया। मैं उठती-गिरती जी-जान से दौड़कर भागी। बाप रे, बाप! सौभाग्य से उसने मेरा हाथ-वाथ कुछ नहीं पकड़ा था। खैर, जाने दो उसकी बात—उस सब दुश्चरित्र की बात लिखने की कोशिश करूँगी तो चिट्ठी में जगह कम पड़ जाएगी।

"मैंने तुम्हें बहुत दुख दिया है क्या बहन? आज भी अगर तुम उसे न भूली हो, तो दुख तो तुम्हें होगा ही। लेकिन उपाय क्या है? और ऐसा करके अगर मैंने भगवान के चरणों में कोई गुनाह किया हो, तो तुम मुझे अपनी समझकर अपनी शुभाकांक्षी मनो दीदी को माफ करना।"

कल चिट्ठी आई थी। आज उसने महेन्द्र को बुलाकर कहा—"दो पालकियाँ और बत्तीस कहार चाहिए। मैं इसी वक्त तालसोनापुर जाऊँगी।"

महेन्द्र ने अचरज में पड़कर प्रश्न किया—"पालकी और कहार मैं मँगवा दे रहा हूँ। लेकिन दो पालकियाँ क्यों चाहिए, माँ?"

पार्वती ने कहा—"तुम साथ चलोगे बेटा। अगर मैं रास्ते में मर जाऊँ तो अग्नि-संस्कार करने के लिए बड़े बेटे की जरूरत पड़ेगी।"

महेन्द्र ने और कुछ नहीं कहा। जब पालकियाँ आईं, तो दोनों चल पड़े।

चौधरी जी जब यह सुन पाए, तो घबराकर उन्होंने नौकर-नौकरानियों से पूछा, लेकिन कोई उन्हें यह नहीं बता सका कि वे लोग वहाँ क्यों गए। तब उन्होंने अक्ल खर्च करके और भी पाँच-छह दरबानों और नौकर-नौकरानियों को वहाँ भेज दिया।

एक सिपाही ने पूछा—"अगर रास्ते में उन लोगों से मुलाकात हो जाए, तो क्या पालकियों को वापस लाना होगा?"

उन्होंने सोच-विचारकर कहा—"नहीं, इसकी जरूरत नहीं। तुम लोग साथ

जाना, ताकि कोई मुसीबत न आ जाए।''

उसी दिन शाम को दोनों पालकियाँ तालसोनापुर जा पहुँचीं लेकिन देवदास गाँव में नहीं था। उसी दिन दोपहर को वह कलकत्ता चला गया है।

पार्वती ने माथा ठोंककर कहा–''यह किस्मत की बात है। उसने मनोरमा से मुलाकात की।''

मनो बोली–''पारू, तुम क्या देवदास को देखने आई थी?''

पार्वती बोली–''नहीं, मैं उसे देखने नहीं आई थी। मैं तो उसे अपने साथ ले जाने के लिए आई थी। यहाँ तो उसका अपना कोई नहीं है।''

मनोरमा ठक-से रह गई। बोली–''यह तू क्या कहती है? तुझे शर्म नहीं आती?''

''शर्म भला किससे? मैं अपनी चीज खुद ले जाऊँगी, इसमें शर्म क्या है?''

''छिः-छिः, यह तू क्या कह रही है? उससे तेरा कोई वास्ता तक नहीं है। ऐसी बात तू अपनी जबान पर मन लाना।''

पार्वती ने उदासी-भरी हँसी हँसकर कहा–''जब से मैंने होश सँभाला है तब से लेकर अब तक कलेजे के अन्दर जिस बात ने घर कर लिया है वह एकाध बार मुँह से बाहर निकल जाती है। इसीलिए बहन, तुमने यह बात सुनी।''

अगले दिन सवेरे पार्वती अपने माता-पिता को प्रणाम करके फिर से पालकी पर सवार हो गई।

15

आज दो बरसों से चन्द्रमुखी अशथझूरी गाँव में घर बनाकर रह रही है। छोटी-सी नदी के किनारे एक ऊँची जगह पर उसके दो साफ-सुथरे मिट्टी के कमरे हैं। बगल में एक झोंपड़ी है, उसमें एक काली तगड़ी गाय बँधी हुई है। दोनों कमरों में से एक में खाना बनाया जाता है और सामान रखा जाता है। दूसरे में वह सोती है। आँगन साफ-सुथरा है। रमा बागदी की बेटी रोज उसे लीप-पोत जाती है। चारों ओर रेंडी का बाड़ा है। बीच में एक बेर का पेड़ है। उसके एक बगल में तुलसी की झाड़ी है। सामने नदी का घाट है। उसने मजदूर से खजूर के पेड़ को कटवाकर उससे सीढ़ी बनवा ली है। उसको छोड़ इस घाट का और कोई इस्तेमाल नहीं करता है। बरसात के वक्त नदी का पानी दोनों किनारों को डुबोकर चन्द्रमुखी के घर के नीचे तक आ जाता है। गाँव के लोग व्यग्र होकर कुदाल लिये भागे आते हैं। नीचे मिट्टी डालकर उसे ऊँचा कर दे जाते हैं। इस गाँव में शरीफ लोग नहीं रहते हैं। किसान, ग्वाले, बागदी, दो घरों में तेली और गाँव के अन्त में दो घरों में चमार रहते हैं। चन्द्रमुखी ने इस गाँव में आकर देवदास को खबर दी थी। जवाब में उसने कुछ और भी रुपए भेज दिए थे। चन्द्रमुखी गाँव के लोगों को ये रुपए कर्ज देती है। मुसीबत में सभी उसके पास भागे आते हैं और रुपए लेकर घर जाते हैं। चन्द्रमुखी सूद नहीं लेती है। उसके बदले वे लोग उसे केले, मूलियाँ, साग-सब्जियाँ जान-बूझकर दे जाते हैं। मूल के लिए भी चन्द्रमुखी कभी दबाव नहीं डालती है। जो नहीं दे सकता है वह नहीं देता है।

चन्द्रमुखी हँसकर कहती–"अब कभी मैं तुझे रुपया नहीं दूँगी।"

वह विनम्रता से कहता है–"माँ जी, तुम आशीर्वाद दो कि अबकी बार अच्छी उपज हो।"

चन्द्रमुखी आशीर्वाद देती है। फिर हो सकता है, अच्छी उपज नहीं होती हो। पर लगान का जब तकाजा होता है, तब वह फिर आकर हाथ पसारकर खड़ा हो

जाता है और चन्द्रमुखी फिर उसे रुपया देती है। वह मन-ही-मन हँसकर कहती है—'वह जिन्दा रहे, मुझे रुपए की क्या फिक्र है।'

लेकिन वह कहाँ है? लगभग छह महीने हुए, उसे कोई खबर नहीं मिली है। चिट्ठी लिखने पर जवाब नहीं आता है। वह रजिस्ट्री करके चिट्ठी देती है, तो वह भी लौट आती है। एक ग्वाले को चन्द्रमुखी ने अपने घर के करीब बसाया है। उसके बेटे की शादी में उसने साढ़े दस रुपए दिए थे, दो हल खरीद दिए थे। वह सपरिवार चन्द्रमुखी का आश्रित और बड़ा आज्ञाकारी है। एक दिन शाम को चन्द्रमुखी ने भैरव ग्वाले को बुलाकर कहा—"भैरव, तुम जानते हो, तालसोनापुर यहाँ से कितनी दूर है?"

भैरव ने सोचकर कहा—"दो खेतों के उस पार कचहरी है।"

चन्द्रमुखी ने प्रश्न किया—"वहाँ क्या जमींदार रहते हैं?"

भैरव बोला—"हाँ, वे इस इलाके के जमींदार थे। यह गाँव उन्हीं का है। उनके स्वर्ग सिधारे आज तीन साल हुए। सारी प्रजा ने एक महीने तक वहाँ पूरी-हलवा खाया था। उनके दो बेटे हैं। वे लोग बहुत बड़े आदमी हैं, राजा हैं।"

चन्द्रमुखी बोली—"भैरव, तुम मुझे वहाँ ले जाओगे?"

भैरव बोला—"मैं तुम्हें वहाँ क्यों नहीं ले जाऊँगा माँ? तुम जब चाहो, चलो।"

चन्द्रमुखी उत्सुक होकर बोली—"तो चलो न भैरव, हम लोग आज ही वहाँ चलें।"

भैरव विस्मित होकर बोला—"आज ही?" उसके बाद उसने चन्द्रमुखी के मुँह की तरफ देखकर कहा—"तो फिर माँ, तुम जल्दी से अपना खाना बना लो। मैं भी थोड़ी-सी फरवी साथ ले लूँ।"

चन्द्रमुखी बोली—"मैं अब खाना नहीं बनाऊँगी, भैरव। तुम फरवी साथ ले लो।"

भैरव घर गया, थोड़ी-सी फरवी और गुड़ अपनी चादर में बाँधा और उसे अपने कन्धे पर डाला। हाथ में एक लाठी लिये वह थोड़ी देर बाद वापस आया और बोला—"तो चलो, लेकिन तुम कुछ खाओगी नहीं, माँ?"

चन्द्रमुखी बोली—"नहीं भैरव, मैं कुछ नहीं खाऊँगी। अभी तक मैंने पूजा-पाठ नहीं किया है। अगर समय मिला, तो वहाँ जाकर वह सब करूँगी।"

भैरव आगे-आगे राह दिखाता हुआ चला। पीछे चन्द्रमुखी बड़ी मुश्किल से मेंड़ों पर से होकर चलने लगी। दोनों अनभ्यस्त कोमल पाँव क्षत-विक्षत होकर लहूलुहान हो गए। धूप में समूचा चेहरा लाल हो उठा। न ही वह नहाई थी, न

ही उसने कुछ खाया था। तब भी चन्द्रमुखी एक के बाद एक खेतों को पार करती हुई चलती रही। खेतों में काम कर रहे किसान अचरज में पड़कर उसके मुँह की तरफ निहारते रहे।

चन्द्रमुखी लाल किनारीवाली साड़ी पहने है। दोनों हाथों में एक-एक चूड़ी है। माथे तक घूँघट था। समूचा बदन बिस्तर की एक मोटी चादर से ढँका हुआ है। सूरज डूबने में जब और ज्यादा देर नहीं थी, तभी दोनों गाँव आ पहुँचे। चन्द्रमुखी तनिक मुस्कुराकर बोली, "भैरव, तुम्हारे दोनों खेत अब तक क्या खत्म हुए?"

भैरव मजाक को समझ न पाने की वजह से सरल भाव से बोला–"अब हम लोग तालसोनापुर आ गए हैं लेकिन सुख में पली तुम आज क्या अब वापस जा सकोगी?"

चन्द्रमुखी मन-ही-मन बोली–'आज क्यों, कल भी मैं शायद इतनी दूर पैदल नहीं चल सकूँगी।' पर मुँह से बोली–"भैरव, यहाँ गाडी नहीं मिल सकती है?"

भैरव बोला–"हाँ, गाड़ी तो मिल ही जाएगी, माँ। मैं बैलगाड़ी ठीक करूँ।"

बैलगाड़ी ठीक करने को कहकर चन्द्रमुखी जमींदार के घर में घुसी।

भैरव बैलगाड़ी का इन्तजाम करने के लिए दूसरी तरफ गया। अन्दर ऊपर के बरामदे में बड़ी बहू (आजकल जमींदार की पत्नी) बैठी हुई थीं। एक नौकरानी चन्द्रमुखी को वहाँ ले गई। दोनों ने एक-दूसरे को देखा।

चन्द्रमुखी ने नमस्कार किया। बड़ी बहू के बदन में जेवर समाता नहीं है। आँखों की कोरों से होकर घमंड उपचकर गिर रहा है। दोनों होंठ और दाँत पान और मिस्सी से लगभग काले हो गए हैं। एक तरफ का गाल ऊँचा है, शायद जर्दा और पान भरा हुआ है। बाल ऐसे कसकर बँधे हुए हैं कि जूड़ा सर पर चढ़ गया है। दोनों कानों में छोटी-बड़ी बीस-तीस बालियाँ हैं। नाक के एक तरफ लौंग है, और दूसरी तरफ बहुत बड़ा छेद है–शायद सास के जमाने में उसमें नथ पहनी जाती थी।

चन्द्रमुखी ने देखा, बड़ी बहू का बड़ा गठीला और चिकना बदन है। रंग साँवला है। बड़ी पानीदार आँखें हैं। गोलाकार मुँह है। वह काली किनारीवाली साड़ी और एक कीमती ब्लाउज पहने है। यह देखकर चन्द्रमुखी को नफरत महसूस हुई। और बड़ी बहू ने देखा चन्द्रमुखी की उम्र हो गई है, तो भी बदन में रूप नहीं समाता है। दोनों ही शायद हमउम्र हैं। मगर बड़ी बहू ने मन-ही-मन यह कबूल नहीं किया। इस गाँव में पार्वती को छोड़ इतना रूप उन्होंने और किसी में भी नहीं देखा है। ठगी-सी रहकर उन्होंने पूछा–"तुम कौन हो जी?"

चन्द्रमुखी बोली–"मैं आप ही की एक प्रजा हूँ। कुछ लगान बाकी पड़ गया है। इसीलिए उसे देने आई हूँ।"

बड़ी बहू मन-ही-मन खुश होकर बोलीं–"लगान देना है, तो यहाँ क्यों आई? कचहरी जाओ न।"

चन्द्रमुखी ने मन्द-मन्द मुस्कुराकर कहा–"माँ, हम गरीब आदमी हैं। हम सारा लगान तो दे नहीं सकते हैं। सुना है कि आप बड़ी दयालु हैं। इसीलिए मैं आप ही के पास आ गई हूँ। आप कृपा करके कुछ माफ कर दीजिए।"

ऐसी बात बड़ी बहू ने जिन्दगी में यही पहली बार सुनी। वे दयालु हैं। वे लगान माफ कर सकती हैं, लिहाजा, चन्द्रमुखी उनकी बिलकुल प्रिय पात्र बन गई। बड़ी बहू बोलीं–"सो बेटी, रोज मुझे ऐसे कितने रुपए माफ करने पड़ते हैं। कितने लोग लगान माफ करने को मुझसे कहते हैं। मैं इनकार नहीं कर सकती हूँ। इसलिए मेरे पति मुझ पर कितना गुस्सा करते हैं। सो तुम्हारा कितना रुपया बाकी पड़ गया है।"

"ज्यादा नहीं है, माँ। कुल दो रुपए हैं। मगर मेरे लिए तो यही मानो पहाड़ हों। आज दिन भर मैं इतनी दूर पैदल चलकर आई हूँ।"

बड़ी बहू बोलीं–"आह, तुम लोग गरीब आदमी हो। हमें तुम लोगों पर दया करनी ही चाहिए। ओ बिन्दु, इसे बाहर ले जा, दीवान जी से कहना कि मैंने कहा है कि इसके दो रुपए माफ कर दिए जाएँ। सो बेटी, तुम्हारा घर कहाँ है?"

चन्द्रमुखी बोली–"आप ही के राज में। उस अशथझूरी गाँव में। अच्छा माँ, मालिक लोग तो अब दो पट्टीदार हैं न?"

बड़ी बहू बोलीं–"फूटी किस्मत! छोटा पट्टीदार अब क्या है? दो दिनों बाद तो सब मेरा ही होगा।"

चन्द्रमुखी ने उद्विग्न होकर पूछा–"क्यों माँ? छोटे बाबू पर क्या कर्ज हो गया है?"

बड़ी बहू तनिक मुस्कुराकर बोलीं–"सब कुछ मेरे पास बन्धक है। देवदास का बिलकुल बेड़ा गर्क हो चुका है। वह कलकत्ता में शराब और वेश्या को लेकर है। उसने कितने रुपए उड़ा दिए, इसका क्या कोई हिसाब-किताब है?"

चन्द्रमुखी का चेहरा मुरझा गया, वह थोड़ी देर रुकी, फिर पूछा–"अच्छा माँ, तो क्या छोटे बाबू घर नहीं आते हैं?"

बड़ी बहू बोलीं–"आएगा क्यों नहीं? जब रुपए की जरूरत पड़ती है, तो आता है, कर्ज लेता है, सम्पत्ति देता है और चला जाता है। अभी दो महीने पहले

आकर बारह हजार रुपए लेकर गया है। बचने की कोई उम्मीद भी नहीं है। समूचे बदन में गन्दी बीमारी फैल गई है। छिः-छिः।''

चन्द्रमुखी सिहर उठी, उदास चेहरे से पूछा–''वे कलकत्ता में कहाँ रहते हैं।''

बड़ी बहू ने मुस्कुराते हुए कहा–''बुरी हालत है? यह क्या कोई जानता है? पता नहीं वह किस होटल में खाता है, ऐरे-गैरे के घर में पड़ा रहता है। यह वही जानता है या यम जानता है।''

चन्द्रमुखी सहसा उठ खड़ी हुई और बोली–''मैं जाती हूँ–''

बड़ी बहू तनिक अचरज में पड़कर बोलीं, ''तुम जाओगी? अरी ओ बिन्दु...''

चन्द्रमुखी ने रोककर कहा–''रहने दो माँ, मैं खुद ही कचहरी चली जाऊँगी।'' इतना कहकर वह धीरे-धीरे चली गई। जब वह घर के बाहर निकली तो देखा, भैरव इन्तजार कर रहा है, बैलगाड़ी तैयार है। उसी रात चन्द्रमुखी घर लौट आई। सवेरे उसने भैरव को फिर बुलाया और कहा–''भैरव, मैं आज कलकत्ता जाऊँगी। तुम तो जा। नहीं सकोगे। इसीलिए मैं तुम्हारे बेटे को साथ ले लूँगी, क्यों, तुम्हारी क्या राय है?''

''तुम्हारी मर्जी, लेकिन तुम कलकत्ता क्यों जाओगी माँ? वहाँ कोई खास काम है क्या?''

''हाँ भैरव, वहाँ खास काम है।''

''तो फिर तुम कब आओगी माँ।''

''यह मैं नहीं कह सकती भैरव। हो सकता है, मैं जल्दी लौट आऊँ या हो सकता है लौटने में देर हो। और अगर मैं न आऊँ तो यह सब घर-मकान तुम्हारा रहा।''

पहले पहल भैरव भौचक्का रह गया। उसके बाद उसकी दोनों आँखों में आँसू भर आए। बोला–''यह तुम क्या कह रही हो माँ? अगर तुम नहीं आओगी, तो इस गाँव के लोगों में से कोई भी जिन्दा नहीं रहेगा।''

चन्द्रमुखी ने नम आँखों से मन्द-मन्द हँसकर कहा–''यह तुम क्या कह रहे हो भैरव? मेरे यहाँ आए दो साल हुए। उसके पहले क्या तुम लोग जिन्दा नहीं थे?''

इसका जवाब मूर्ख भैरव नहीं दे सका। लेकिन चन्द्रमुखी ने मन में सब कुछ समझा। भैरव का बेटा केवला सिर्फ साथ जाएगा। गाड़ी पर जरूरी सामानों को लादकर सवार होते वक्त मुहल्ले के मर्द-औरत सभी देखने आए, यह देखकर सभी रोने लगे। चन्द्रमुखी की अपनी आँखों में भी आँसू नहीं समाता है। भाड़ में जाए

कलकत्ता। अगर देवदास के लिए कलकत्ता जाना नहीं पड़ता, तो कलकत्ता की रानी का ओहदा पाने के लिए भी चन्द्रमुखी इतने प्यार को तुच्छ करके नहीं जा सकती थी।

अगले दिन वह क्षेत्रमणि के घर जा पहुँची। उसके पहले के डेरे में अब दूसरा आदमी आ गया है। क्षेत्रमणि ठक-से रह गई–"अरे दीदी तुम! कहाँ थीं तुम इतने दिनों तक?"

चन्द्रमुखी सही बात को छिपाकर बोली, "इतने दिनों तक मैं इलाहाबाद में थी।"

क्षेत्रमणि ने अच्छी तरह से नजर डालकर उसके अंग-अंग को देखा और बोली, "तुम्हारे जेवर क्या हुए दीदी?"

चन्द्रमुखी ने हँसकर संक्षेप में कहा–"सब हैं।"

उसी दिन उसने परचूनी से मुलाकात करके कहा–"दयाल, मैं कितना रुपया पाऊँगी?"

दयाल मुसीबत में पड़ा–"सो बेटी, लगभग साठ-सत्तर रुपए तुम पाओगी। आज भले ही न हो, पर दो दिनों बाद मैं तुम्हें रुपया दे दूँगा।"

"तुम्हें कुछ भी देने की जरूरत नहीं। तुम मेरा कुछ काम कर दो।"

"कौन-सा काम?"

"तुम्हें दो दिन मेहनत करनी पड़ेगी, बस इतना ही। हम लोगों के मुहल्ले में किराए पर एक घर ठीक करना है, समझे?"

दयाल ने हँसकर कहा–"समझ गया, बेटी!"

"अच्छा-सा घर हो, जिसमें बहुत अच्छा बिस्तर, तकिया, चादर, बत्ती, तसवीर, दो कुर्सियाँ, एक टेबुल हो, समझे?"

दयाल ने सर हिलाया।

"तुम जानते हो कि आईना, कंघी, रंगीन साड़ी, ब्लाउज और अच्छा गिलट का जेवर कहाँ मिलता है?"

दयाल परचूनी ने पता बतला दिया।

चन्द्रमुखी बोली–"तब तो वह भी एक अच्छा-सा सेट देखकर खरीदना होगा। मैं तुम्हारे साथ जाकर पसन्द करके लूँगी।" उसके बाद वह हँसकर बोली–"हम लोगों को जो कुछ चाहिए, तुम तो सब जानते हो। एक दाई भी ठीक करनी होगी।"

दयाल बोला–"दाई कब चाहिए, बेटी?"

"जितनी जल्दी हो। दो-तीन दिनों के अन्दर दाई मिल जाए तो अच्छा हो।"

इतना कहकर चन्द्रमुखी ने उसके हाथ में सौ रुपए का नोट दिया और बोली–"अच्छी चीजें लेना, सस्ती चीजें मत लेना।"

तीसरे दिन वह नए घर में चली गई। दिन भर केवलराम के साथ उसने घर को मन के मुताबिक सजाया और शाम के पहले खुद साज-सिंगार करने बैठी। साबुन से मुँह धोकर पाउडर लगाया। पैरों में महावर रचाया, पान खाकर होंठों को लाल किया। उसके बाद उसने अंग-अंग में जेवर पहना, ब्लाउज और रंगीन साड़ी पहनी। बहुत दिनों बाद बालों को बाँधकर बिन्दी लगाई। आईने में अपना मुँह देखकर वह मन-ही-मन मुस्कुराकर बोली–'फूटी किस्मत में और भी क्या है!'

ठेठ देहात का लड़का केवलराम यह अनूठा साज-सिंगार और पोशाक-लिबास देखकर डर गया और बोला–"दीदी, यह क्या?"

चन्द्रमुखी ने हँसकर कहा–"केवल, आज मेरा दूल्हा आएगा!"

केवलराम विस्मय से निहारता रहा।

शाम के बाद क्षेत्रमणि घूमने आई–"दीदी, भला यह क्या?"

चन्द्रमुखी मुँह दबाकर हँसी और बोली–"फिर यह सब चाहिए न?"

क्षेत्रमणि थोड़ी देर तक निहारती रही, फिर बोली–"दीदी की जितनी उम्र बढ़ रही है, उतना ही रूप भी बढ़ रहा है!"

जब वह चली गई, तो चन्द्रमुखी बहुत दिनों पहले की तरह फिर खिड़की की बगल में बैठ गई। रास्ते की तरफ एकटक निहारती रही। यही उसका काम है। वह यही करने आई है। जब तक वह यहाँ रहेगी, तब तक वह यही करेगी। कोई नया आदमी हो सकता है आना चाहता हो, दरवाजे को धकेलता हो, तो केवलराम अन्दर से–'यहाँ नहीं है।' ठीक वैसे ही कहता है जैसे उसे यह कंठस्थ हो।

कोई पुराना परिचित आ उपस्थित होता है। चन्द्रमुखी उसे बिठाकर उससे हँसकर बात करती है। रात ज्यादा होने पर वह खुद बाहर निकल पड़ती है। वह मुहल्ले-मुहल्ले दर-दर घूमती फिरती है। छिपकर दर-दर वह कान लगाकर बातचीत सुनना चाहती है। भाँति-भाँति के लोग तरह-तरह की बात करते हैं। पर वह जो सुनना चाहती है वह उसे सुनाई नहीं पड़ता है। कोई अपना मुँह ढँककर अचानक उसके मुँह के पास आ उपस्थित होता है, उसे छूने के लिए हाथ बढ़ाता है, तो हड़बड़ी में चन्द्रमुखी हट जाती है। दोपहर में पुरानी परिचित हमजोली के घर घूमने जाती है। बातों-बातों में वह प्रश्न करती है–"कोई देवदास को जानती है?"

वे पूछती हैं–"कौन है देवदास?"

चन्द्रमुखी उत्सुक होकर उसका परिचय दिया करती है–"वह गोरा है,

उसके घुँघराले बाल हैं, उसके माथे के बाईं तरफ कटने का एक दाग है, वह बड़ा आदमी है, वह अनगिनत रुपए खर्च करता है, कोई क्या उसे पहचानती है?"

कोई भी उसका अता-पता नहीं बता सकती है। हताश मुँह लटकाए चन्द्रमुखी घर लौट जाती है। आधी रात तक जागकर वह रास्ते की तरफ निहारती रहती है। नींद आने पर विरक्त होती है, मन-ही-मन कहती है–'यह क्या तुम्हारे सोने का वक्त है?'

क्रमशः एक महीना गुजर गया। केवलराम भी घबरा उठा। खुद चन्द्रमुखी को भी यह सन्देह होने लगा कि शायद वह यहाँ नहीं है। तब भी वह उम्मीद के सहारे देवता के चरणों में तन-मन से प्रार्थना करती हुई दिन पर दिन गुजारने लगी।

उसे कलकत्ता आए डेढ़ महीने हो गए हैं। आज रात उसकी तकदीर मेहरबान हुई। तब रात के ग्यारह बजे थे। वह हताश मन से घर लौट रही थी कि तभी उसे देवदास दिखाई पड़ा। रास्ते के किनारे एक घर के सामने अपने मन से पता नहीं क्या कह रहा है। चन्द्रमुखी का कलेजा धक्-से कर उठा। यह आवाज तो जानी-पहचानी है। करोड़ों लोगों के बीच में भी चन्द्रमुखी वह स्वर पहचान सकती थी। वह जगह थोड़ी अँधेरी है। उस जगह पर वह आदमी नशे में बेहद धुत होकर औंधा पड़ा हुआ है। चन्द्रमुखी उसके करीब गई और उसके बदन पर हाथ रखा–"तुम कौन हो जी? इस कदर पड़े हुए हो?"

उस आदमी ने गाते हुए कहा–"सुनो सखी, चहेता कहाँ है, अगर पाऊँ कान्हा-सा पति।"

चन्द्रमुखी को अब सन्देह नहीं रहा; उसने पुकारा–"देवदास!"

देवदास ने उसी तरह से कहा–"ऊँ!"

"यहाँ क्यों पड़े हो? घर चलोगे?"

"नहीं, मैं घर नहीं जाऊँगा। मैं यहाँ अच्छा हूँ।"

'थोड़ी-सी शराब पिओगे?"

"हाँ, पिऊँगा।" इतना कहकर वह चन्द्रमुखी के गले से बिलकुल लिपट गया, बोला–"ऐसा दोस्त कौन हो, भई तुम?"

चन्द्रमुखी की आँखों से आँसू बहने लगा। तब बड़ी मेहनत से डगमगाते-डगमगाते उसके गले को पकड़कर वह किसी तरह से उठकर खड़ा हो गया, थोड़ी देर तक उसके मुँह की तरफ निहारा और बोला–"वाह! यह तो नफीस चीज है।"

चन्द्रमुखी की रुलाई में मुस्कान घुल-मिल गई, बोली–"हाँ, बड़ी नफीस

चीज है। अभी फिलहाल मेरे कन्धे के सहारे थोड़ी दूर आगे चलो। एक गाड़ी चाहिए न?"

"हाँ, गाड़ी तो चाहिए ही।" रास्ते में आते-आते देवदास ने लड़खड़ाती आवाज में कहा–"सुन्दरी, तुम मुझे पहचानती हो?"

चन्द्रमुखी ने कहा–"हाँ, मैं तुम्हें पहचानती हूँ।"

देवदास गा उठा–"दूसरे लोग झूठ कहें, सौभाग्य से मैं पहचानता हूँ।" उसके बाद गाड़ी में बैठकर चन्द्रमुखी के कन्धे के सहारे घर आ पहुँचा। दरवाजे के नजदीक खड़ा होकर उसने अपनी जेब में हाथ डाला और बोला–"सुन्दरी, तुम मुझे उठा तो लाई, मगर मेरी जेब में तो कुछ नहीं है..."

चन्द्रमुखी चुपचाप उसका हाथ पकड़कर उसे खींच लाई, एकबारगी उसे बिस्तर पर लिटा दिया और बोली–"सो जाओ।"

देवदास ने पहले की ही तरह लड़खड़ाती आवाज में कहा–"कोई मंशा है क्या? मैंने तो अभी-अभी कहा न कि मेरी जेब खाली है। कोई उम्मीद नहीं, समझी सुन्दरी।"

चन्द्रमुखी ने यह समझा था, बोली–"कल दे देना।"

देवदास बोला–"इतना विश्वास करना तो अच्छा नहीं है। खोलकर बताओ तो कि तुम क्या चाहती हो?"

चन्द्रमुखी बोली–"कल सुनना।" इतना कहकर वह बराबरवाले कमरे में चली गई।

जब देवदास की नींद टूटी तब दिन चढ़ चुका था। कमरे में कोई नहीं था।

चन्द्रमुखी नहा-धोकर खाना बनाने की तैयारी करने के लिए नीचे गई है। देवदास ने निहारा, तो देखा, इस कमरे में तो वह कभी नहीं आया है। वह एक भी चीज को पहचान नहीं सका। उसे बीती रात की कोई भी बात याद नहीं आई। उसे सिर्फ यह याद आया कि किसी ने उसकी हार्दिक सेवा की थी। न जाने कौन बड़े स्नेह से उसे खींच लाया और उसे सुला दिया था। ऐसे समय चन्द्रमुखी कमरे में घुसी। रात के साज-सिंगार में उसने बहुत-कुछ बदलाव किया था, न वह जेवर पहने थी, न रंगीन साड़ी, न माथे पर बिन्दी थी, न मुँह में पान का दाग। वह एक बेहद मामूली-सी साड़ी पहने कमरे में घुसी थी। देवदास उसके मुँह की तरफ निहारकर हँस उठा–"कल तुम डाका डालकर मुझे कहाँ से लाई?"

चन्द्रमुखी बोली–"मैंने डाका नहीं डाला था। मैं तो तुम्हें रास्ते से सिर्फ उठा लाई थी।"

देवदास अचानक गम्भीर होकर बोल उठा–"खैर, सो तो हुआ। लेकिन

तुम्हारा फिर यह सब क्या? तुम कब आई? बदन में जेवर तो समाते नहीं हैं किसने दिए इतने जेवर?"

चन्द्रमुखी ने देवदास के मुँह की तरफ तीखी निगाह डाली और बोली–"फिर।"

देवदास ने हँसकर कहा–"नहीं-नहीं, ऐसी बात नहीं। मजाक करने में क्या बुराई है? अच्छा बताओ, तुम कब आई?"

चन्द्रमुखी बोली, "मुझे यहाँ आए डेढ़ महीने हुए।"

देवदास ने मन-ही-मन न जाने क्या हिसाब किया। बाद में बोला–"जब तुम मेरे घर गई थी, उसके बाद ही तुम यहाँ आई हो?"

चन्द्रमुखी विस्मित होकर बोली, "तुमने यह कैसे जाना कि मैं तुम्हारे घर गई थी।"

देवदास बोला–"तुम्हारे जाने के बाद ही मैं घर गया था। एक नौकरानी ने, जो तुम्हें भाभी के पास ले गई थी, मुझे बताया था कि कल अशथझूरी गाँव से एक औरत आई थी, वह कमाल की खूबसूरत थी। उसके बाद समझने के लिए क्या कुछ बाकी रह जाता है? मगर तुमने इतने जेवर फिर क्यों बनवाए?"

चन्द्रमुखी बोली–"मैंने ये बनवाए नहीं हैं। ये सबके सब गिलट के जेवर हैं। कलकत्ता आकर मैंने इन्हें खरीदा है। देखो तो, तुम्हारे लिए मुझे कितने फालतू खर्च करने पड़े। हालाँकि कल तुम मुझे पहचान भी नहीं सके।"

देवदास हँस उठा, बोला–"मैं तो तुम्हें विलकुल नहीं पहचान सका था। मगर मैंने यह समझा था कि कोई मेरी सेवा कर रहा है। बहुत बार लगा था कि चन्द्रमुखी को छोड़ मेरी इतनी सेवा और कौन कर सकता है!"

आनन्द के मारे चन्द्रमुखी का रोने को मन किया। वह थोड़ी देर तक चुप रही, फिर बोली–"देवदास, अब तुम मुझसे उतनी नफरत नहीं करते हो न?"

देवदास ने जवाब दिया–"नहीं, अब मैं तुमसे नफरत नहीं करता हूँ, बल्कि अब मैं तुम्हें प्यार करता हूँ।"

दोपहर में जब देवदास नहा रहा था, तो चन्द्रमुखी ने देखा कि देवदास के पेट में फलालेन का एक टुकड़ा बँधा हुआ है। वह डरती हुई बोली–"यह क्या, तुमने पेट में फलालेन क्यों बाँधा है?"

देवदास बोला–"पेट में थोड़ा-सा दर्द होता है। पर तुम ऐसा क्यों कह रही हो?"

चन्द्रमुखी ने माथा ठोंककर कहा–"तुमने अपना सर्वनाश तो नहीं कर लिया? लीवर तो खराब नहीं न हुआ है?"

देवदास ने हँसकर कहा–"चन्द्रमुखी, शायद मेरा लीवर खराब हो गया है।"

उसी दिन डॉक्टर आया, उसने देवदास की जाँच-पड़ताल की और ठीक वही

बात कही जिसकी आशंका की गई थी। उसने दवा दी और कहा कि काफी सावधानी से न रहने पर भयंकर हानि हो सकती है। डॉक्टर ने जो कहा उसका मतलब दोनों ने समझा। डेरे पर खबर देकर धर्मदास को बुलाया गया। इलाज के लिए बैंक से रुपया निकाला गया। दो दिन यों ही गुजरे। लेकिन तीसरे दिन उसे बुखार आ गया।

देवदास ने चन्द्रमुखी को बुलाकर कहा–"तुम बड़े वक्त पर आई थी। वरना हो सकता है तुम फिर मुझे देख ही नहीं पाती।"

अपनी आँखें पोंछकर चन्द्रमुखी जी-जान से उसकी सेवा करने बैठी। उसने हाथ जोड़कर प्रार्थना की–"भगवान मैंने सपने में भी यह उम्मीद नहीं की थी कि बुरे वक्त पर मैं इतना काम आऊँगी। तुम देवदास को अच्छा कर दो।"

करीब महीने भर देवदास बिस्तर पर पड़ा रहा। उसके बाद वह धीरे-धीरे अच्छा होने लगा। बीमारी उतनी भयंकर नहीं हो सकी।

ऐसे समय एक दिन देवदास ने कहा–"चन्द्रमुखी, तुम्हारा नाम बहुत बड़ा है। हमेशा पुकारने में दिक्कत होती है। मैं तुम्हारे नाम को जरा छोटा कर लेना चाहता हूँ।"

चन्द्रमुखी बोली–"यह तो अच्छी बात है।"

देवदास ने कहा–"तब आज से मैं तुम्हें बहू कहकर बुलाऊँगा।"

चन्द्रमुखी हँस उठी, बोली–"यानी कि तुम मुझे बहू कहकर पुकारोगे। लेकिन नाम का तो मतलब होना चाहिए।"

"सभी नामों का क्या मतलब होता है?"

"अगर मुझे बहू कहकर पुकारने का तुम्हारा मन हो तो तुम मुझे बहू कहकर ही पुकारना। लेकिन तुम मुझे यह भी नहीं बताओगे कि ऐसा करने का तुम्हारा मन क्यों करता है?"

"नहीं, मैं तुम्हें यह नहीं बताऊँगा। और तुम कभी भी मुझसे यह नहीं पूछना कि मैं तुम्हें बहू कहकर क्यों पुकारता हूँ?"

चन्द्रमुखी ने गरदन हिलाकर कहा–"अच्छी बात है, मैं तुमसे यह कभी नहीं पूछूँगी?"

देवदास बहुत देर तक चुप रहा, फिर अचानक उसने गम्भीर भाव से प्रश्न किया–"अच्छा, तुम मेरी कौन हो कि इतने जी-जान से मेरी सेवा कर रही हो?"

चन्द्रमुखी न ही शर्मीली बहू है, न ही गैर-हाजिरजवाब बच्ची है। वह उसके मुँह की तरफ स्थिर, शान्त नजरें टिकाकर स्नेह-भरी आवाज में बोली–"तुम क्या आज भी यह नहीं समझ सके हो कि तुम मेरे सब कुछ हो।"

देवदास दीवार की तरफ निहार रहा था। उसी तरफ नजरें टिकाए वह

धीरे-धीरे कहने लगा–"यह तो मैं समझ पाया हूँ। मगर मुझे उतना आनन्द नहीं मिलता है। मैं पार्वती को कितना प्यार करता हूँ, वह मुझे कितना प्यार करती है। लेकिन तब भी कितना दुख है। बहुत दुख पाकर मैंने सोचा था कि मैं अब कभी भी इस सब फन्दे में पाँव नहीं डालूँगा। मैंने जान-बूझ के इस फन्दे में पाँव डाला भी नहीं है। लेकिन तुमने ऐसा क्यों किया? तुमने जबरन मुझे क्यों बाँधा?" इतना कहकर वह फिर थोड़ी देर तक चुप रहा, फिर बोला–"बहू, तुम भी, हो सकता है पार्वती की तरह दुख पाओ।"

चन्द्रमुखी मुँह पर आँचल रखे बिस्तर के एक छोर पर चुपचाप बैठी रही।

देवदास फिर से मृदु स्वर में कहने लगा–"तुम दोनों में कितना फर्क है, फिर कितना मेल है। एक अभिमानी और उद्धत है और दूसरी कितनी शान्त, कितनी संयत है। वह कुछ भी सहन नहीं कर सकती है और तुममें कितनी सहनशीलता है। उसे कितना यश मिलता है, उसकी कितनी तारीफ की जाती है और तुम पर कितना कलंक लगाया जाता है। सभी उसे कितना प्यार करते हैं और तुम्हें कोई प्यार नहीं करता है। लेकिन मैं तुम्हें प्यार करता हूँ। हाँ, मैं तुम्हें प्यार करता हूँ।" इतना कहकर उसने एक गहरी आह भरी और फिर से बोला–"क्या पाप है और क्या पुण्य, इस बात का फैसला करनेवाला तुम्हारे बारे में क्या फैसला करेगा, यह मैं नहीं जानता। मगर मरने के बाद अगर फिर मिलन हो, तो मैं कभी भी तुमसे दूर नहीं रह सकूँगा।"

चन्द्रमुखी चुपचाप रोती होती हुई आँसू बहाती रही। मन-ही-मन प्रार्थना करने लगी–'भगवान, कभी भी किसी जनम में अगर इस पापिनी का प्रायश्चित्त हो, तो मुझे यही पुरस्कार देना।"

दो महीने गुजर गए हैं। देवदास चंगा हो गया है, लेकिन तबीयत ठीक नहीं हुई है। हवा बदलना जरूरी है। कल वह पश्चिम घूमने जाएगा। साथ में सिर्फ धर्मदास जाएगा।

चन्द्रमुखी जिद कर बैठी थी–"तुम्हें एक नौकरानी की भी तो जरूरत है। मुझे साथ में जाने दो।"

देवदास बोला–"छिः, ऐसा नहीं हो सकता है। मैं चाहे और जो भी क्यों न करूँ, मैं इतना बड़ा बेहया नहीं हो सकता हूँ।"

चन्द्रमुखी बिलकुल चुप हो गई। वह नासमझ नहीं है, इसीलिए उसने आसानी से समझा। और चाहे जो भी क्यों न हो, इस दुनिया में उसका कोई सम्मान नहीं है। उसके सम्पर्क में देवदास को सुख मिलेगा, सेवा मिलेगी। लेकिन कभी भी सम्मान नहीं मिलेगा। उसने अपनी आँखों को पोंछकर कहा–"फिर कब

मुलाकात होगी?"

देवदास बोला—"यह तो मैं नहीं बता सकता। लेकिन जीते-जी किसी दिन मैं तुम्हें नहीं भूलूँगा। तुम्हें देखने की मेरी चाह कभी नहीं मिटेगी।"

प्रणाम करके चन्द्रमुखी हटकर खड़ी हो गई। चुपके-चुपके बोली—'यही मेरे लिए काफी है। इससे ज्यादा उम्मीद मैं नहीं करती।'

जाते वक्त देवदास ने और भी दो हजार रुपए चन्द्रमुखी के हाथों में दिए और कहा—"इन्हें रख लो। आदमी की तबीयत कब कैसी रहेगी, इसका विश्वास नहीं। पता नहीं, अन्त में तुम्हारा क्या हश्र होगा!"

चन्द्रमुखी ने यह भी समझा, इसीलिए उसने हाथ फैलाकर रुपए ले लिये। उसने अपनी आँखें पोंछीं और पूछा—"तुम मुझे एक बात बताओगे?"

देवदास ने उसके मुँह की तरफ निहारकर कहा—"कौन-सी बात?"

चन्द्रमुखी बोली—"बड़ी बहू ने कहा था कि तुम्हारे बदन में बुरी बीमारी फैल गई है—यह क्या सच है?"

उसका प्रश्न सुनकर देवदास दुखी हुआ, बोला—"भाभी कुछ भी कह सकती हैं। लेकिन अगर मुझे कोई बुरी बीमारी हुई होती, तो तुम नहीं जानती? मेरी ऐसी कौन-सी बात है जिसे तुम नहीं जानती हो? इस बारे में तुम तो पार्वती से भी ज्यादा जानती हो।"

चन्द्रमुखी ने और एक बार अपनी आँखें पोंछीं और बोली—"चलो, जान बची। लेकिन तब भी तुम बड़ी सावधानी से रहना। एक तो तुम्हारी तबीयत खराब है, दूसरे, देखना, किसी दिन गलती मत कर बैठना।"

उसकी बात के जवाब में देवदास सिर्फ हँसा, बात नहीं की।

चन्द्रमुखी बोली—"और एक विनती है—वह यह कि अगर जरा भी तबीयत खराब हो, तो तुम मुझे खबर दोगे, कहो।"

देवदास ने उसके मुँह की तरफ निहारा और गरदन हिलाकर कहा—"अगर मेरी तबीयत खराब हुई, तो मैं तुम्हें जरूर खबर दूँगा बहू।"

और एक बार उसे प्रणाम करके चन्द्रमुखी रोती हुई दूसरे कमरे में चली गई।

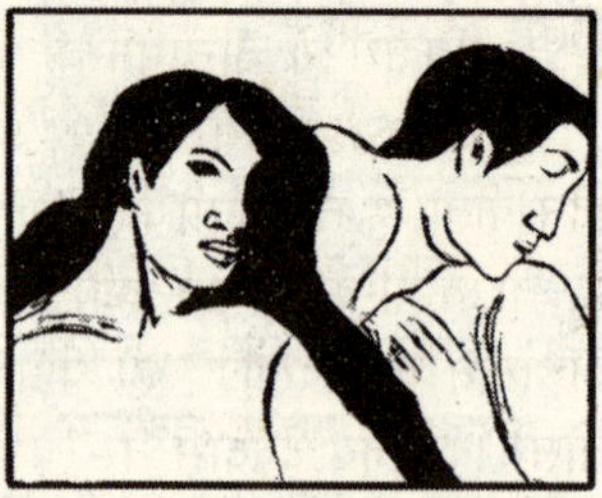

16

कलकत्ता छोड़कर जब देवदास कुछ दिन इलाहाबाद में रह रहा था तब अचानक एक दिन उसने चन्द्रमुखी को चिट्ठी लिखी थी–'बहू, मैंने सोचा था कि अब कभी प्यार नहीं करूँगा। एक तो प्यार करके खाली हाथों लौट आना ही बड़ा दुखद है, दूसरे, फिर नए सिरे से प्यार करने की कोशिश करना जैसी विडम्बना दुनिया में कोई दूसरी नहीं है।'

यह बताना जरूरी नहीं है कि उसकी चिट्ठी के जवाब में चन्द्रमुखी ने क्या लिखा था? लेकिन ऐसे समय देवदास को सिर्फ लगता था कि अगर वह एक बार आ जाती, तो कितना अच्छा होता!

दूसरे ही पल वह डरता हुआ सोचता–नहीं-नहीं, इसकी जरूरत नहीं। अगर किसी दिन पार्वती यह जान जाए तो? इसी तरह से एक बार पार्वती और एक बार चन्द्रमुखी उसके हृदय में रह रही थी। तो कभी दोनों का ही मुँह अगल-बगल उसके हृदय-पटल पर तिर उठता था–जैसे दोनों में कितना प्यार हो।

मन के अन्दर दोनों ही अगल-बगल रहती थीं। किसी दिन बेहद अचानक लगता, वे दोनों ही मानो सो गई हों। ऐसे समय उसका मन इतना पोला हो जाता था कि सिर्फ एक निर्जीव आकृति उसके मन के अन्दर झूठी प्रतिध्वनि की भाँति घूमती फिरती थी। उसके बाद देवदास लाहौर चला गया। वहाँ चुन्नी लाल काम करता था। जब चुन्नी लाल को यह पता चला कि देवदास यहाँ आया हुआ है, तो वह देवदास से मिलने आया। बहुत दिनों बाद देवदास ने शराब को हाथ लगाया। चन्द्रमुखी याद आती है, उसने मना कर दिया था। लगता है, उसे कितनी समझ है। वह कितनी शान्त है, धीर है, और उसे कितना स्नेह है। पार्वती अभी सो गई थी, सिर्फ बुझते दीये की लौ की तरह वह कभी-कभी जल-जल उठती थी। मगर यहाँ का हवा-पानी उसे रास नहीं आया। वह बीच-बीच में बीमार हो जाता है। पेट के पास फिर दर्द महसूस होता है। धर्मदास ने एक दिन रुआँसा होकर कहा–"तुम्हारी तबीयत फिर खराब हो रही है। और कहीं चलो।"

देवदास ने अन्यमनस्क भाव से कहा–"चलो, चलें।"

देवदास अकसर डेरे पर शराब नहीं पीता है। चुन्नी लाल के आने पर किसी दिन पीता है, तो किसी दिन बाहर चला जाता है। पिछली रात को घर लौट आता है, तो कभी-कभी रात को घर बिलकुल ही नहीं आता है। आज दो दिनों से अचानक वह दिखाई नहीं पड़ा है। रो-रोकर धर्मदास ने कुछ नहीं खाया-पिया। तीसरे दिन जब देवदास घर लौट आया तब उसे बुखार था। उसने चारपाई पकड़ी, फिर वह उठ नहीं सका। तीन-चार डॉक्टर आकर उसका इलाज करने लगे।

धर्मदास बोला–"देवता, काशी में माँ को खबर दूँ?"

देवदास ने जल्दी से उसे रोक दिया और बोल उठा–"छिः-छिः, माँ को क्या मैं यह मुँह दिखा सकता हूँ?"

धर्मदास ने प्रतिवाद किया–"रोग-शोक तो सभी को होता है और जब तुम बीमार हो तो क्या इतनी बड़ी मुसीबत के दिनों में माँ से बीमारी छिपानी चाहिए? तुम शरमाओ मत, देवता, काशी चलो।"

देवदास ने मुँह घुमाकर कहा–"नहीं, धर्मदास ऐसे समय मैं उनके पास नहीं जाऊँगा। अच्छा हो जाऊँ, उसके बाद जाऊँगा।"

धर्मदास ने एक बार सोचा कि वह चन्द्रमुखी का भी जिक्र करे। लेकिन वह खुद उससे इतनी नफरत करता था कि उसका चेहरा याद आते ही उसने चुप्पी साध ली।

खुद देवदास को भी बहुत बार यह बात याद आती थी। लेकिन कोई बात करने को उसका जी नहीं चाहता था। लिहाजा कोई भी नहीं आया। इसके बहुत दिनों बाद वह धीरे-धीरे अच्छा होने लगा। एक दिन वह उठ बैठा और बोला–"चलो, धर्मदास, और कहीं चलें।"

"मुसीबत के दिनों में माँ से बीमारी छिपानी नहीं चाहिए? तुम शरमाओ मत देवता, काशी चलो।"

देवदास ने चीज-बस्त बाँधकर चुन्नी लाल से विदा ली और इलाहाबाद आ पहुँचा। उसकी तबीयत बहुत-कुछ अच्छी है। कुछ दिन वहाँ रहने के बाद एक दिन देवदास ने कहा–"धर्म, किसी नई जगह चलें, तो अच्छा नहीं होगा, मैंने कभी बम्बई नहीं देखी है, बम्बई चलोगे?"

उसका आग्रह देखकर, न चाहते हुए भी, धर्मदास ने सहमति दी। जेठ का महीना है। बम्बई शहर उतना गरम नहीं है। यहाँ आकर देवदास बहुत-कुछ चंगा हो उठा।

धर्मदास ने पूछा–"अब घर चलें तो अच्छा नहीं होगा?"

देवदास ने कहा–''नहीं, मैं घर नहीं जाऊँगा। मैं यहीं अच्छा हूँ। मैं यहीं और कुछ दिन रहूँगा।''

एक साल गुजर गया है। भादों का महीना है। एक दिन सवेरे देवदास धर्मदास के कन्धे के सहारे बम्बई के अस्पताल से बाहर निकला और गाड़ी पर आकर बैठा। धर्मदास बोला–''देवता, मेरा कहना है कि माँ के पास जाना अच्छा है।''

देवदास की दोनों आँखों में आँसू भर आए। आज कई दिनों से उसे माँ याद आ रही थी। अस्पताल में पड़े-पड़े उसने जब तब यही बात सोची है–इस दुनिया में उसके सभी हैं, हालाँकि कोई नहीं है, उसकी माँ है, बड़ा भाई है, बहन से बढ़कर पार्वती है, चन्द्रमुखी भी है। उसके सभी हैं, लेकिन वह अब किसी का भी नहीं है। धर्मदास भी रो रहा था, बोला–''तो देवता, यह तय है कि तुम माँ के पास जाओगे?''

मुँह घुमाकर देवदास ने अपने आँसू पोंछे, बोला–''नहीं धर्मदास, माँ को यह मुँह दिखाने को जी नहीं चाहता है। मेरा अभी भी शायद वह समय नहीं आया है।''

बूढ़े धर्मदास ने फूट-फूटकर रोते हुए कहा–''देवता, अभी भी तो माँ जिन्दा हैं।''

दोनों ने ही दिल में यह महसूस किया कि उसकी बात से कितना कुछ जाहिर हुआ है। देवदास की हालत बहुत बुरी हो गई है। समूचे पेट में प्लीहा-लीवर फैल गया है। ऊपर से बुखार है, खाँसी है, रंग गहरा काला हो गया है, देह में हड्डी-पसली शेष है। आँखें बिलकुल धँस गई हैं। सिर्फ एक अस्वाभाविक चमक चमचमा रही है। बाल रूखे और सीधे हैं, कोशिश करने पर उन्हें गिना जा सकता है। हाथों की उँगलियों की तरफ निहारने पर घृणा महसूस होती है। एक तो वे पतली हो गई हैं, दूसरे उन पर बुरी बीमारी के दाग उभर आए हैं। जब दोनों स्टेशन आए, तो धर्मदास ने पूछा–''कहाँ का टिकट कटाऊँ, देवता?''

देवदास ने सोच-विचारकर कहा–''चलो, घर चलें। उसके बाद सब होगा।''

गाड़ी आई, तो हुगली का टिकट कटाकर वे लोग उस पर सवार हो गए।

धर्मदास देवदास के करीब ही रहा। शाम के पहले देवदास की आँखों में जलन हुई और उसे बुखार आ गया। उसने धर्मदास को कहा–''धर्मदास, आज लग रहा है, घर पहुँचना भी, हो सकता है, मुश्किल हो।''

धर्मदास ने डरते हुए कहा–''क्यों देवता?''

देवदास ने हँसने की कोशिश करते हुए सिर्फ कहा–"फिर बुखार आ गया धर्मदास।"

काशी स्टेशन जब पार हो गया, तब देवदास बुखार से बेहोश था। जब गाड़ी पटना के नजदीक आई तो उसे होश आया, बोला–"देखो न धर्मदास, मैं सचमुच ही माँ के पास फिर नहीं जा सका।"

धर्मदास ने कहा–"चलो देवता, हम लोग पटना में उतर जाएँ और डॉक्टर को दिखाएँ।"

उसकी बात के जवाब में देवदास ने कहा–"नहीं, रहने दो, चलो हम लोग घर चलें।"

गाड़ी जब पांडुवा स्टेशन आ पहुँची तब भोर हो रही थी। रात भर बारिश हुई थी, अभी बारिश रुकी है। देवदास उठकर खड़ा हो गया। नीचे धर्मदास सोया हुआ है। उसने एक बार उसके माथे को धीरे-धीरे छुआ। शर्म के मारे उसे जगा नहीं सका। उसके बाद उसने दरवाजा खोला और धीरे-धीरे बाहर निकल पड़ा। गाड़ी सोए हुए धर्मदास को लेकर चली गई। काँपते-काँपते देवदास स्टेशन के बाहर आया। उसने एक घोड़ागाड़ी के गाड़ीवान को पुकारकर कहा–"भाई, मुझे हाथीपोता ले जाओगे।"

उसने एक बार उसके मुँह की तरफ निहारा और एक बार इधर-उधर निहारा, उसके बाद बोला–"नहीं बाबू, रास्ता अच्छा नहीं है, घोड़ागाड़ी इस बरसात में वहाँ नहीं जा सकेगी।"

देवदास ने उद्विग्न होकर प्रश्न किया–"यहाँ पालकी मिलती है?"

इक्केवान ने कहा–"नहीं, यहाँ पालकी नहीं मिलती है।"

आशंका से देवदास बैठ गया। तो क्या मैं हाथीपोता नहीं जा सकूँगा? उसके चेहरे पर यह गहरा छपा हुआ था कि यह उसकी आखिरी हालत है। अन्धा भी इसे पढ़ सकता था।

गाड़ीवान ने पसीजकर कहा–"बाबू, एक बैलगाड़ी ठीक कर दूँ।"

देवदास ने पूछा–"बैलगाड़ी वहाँ कितनी देर में पहुँचेगी?"

गाड़ीवान ने कहा–"रास्ता ठीक नहीं है बाबू, शायद दो दिन लग जाएँगे?"

देवदास मन-ही-मन हिसाब करने लगा–मैं दो दिन जिन्दा रहूँगा न? मगर पार्वती के पास जाना ही होगा। उसकी बहुत-सारी पुरानी झूठी बातें, बहुत से झूठ आचरण याद आए। लेकिन आखिरी दिनों का यह वादा निभाना ही होगा। चाहे जैसे भी क्यों न हो, उससे एक बार अन्तिम मुलाकात करनी ही होगी। मगर इस जिन्दगी की मियाद तो अब ज्यादा बाकी नहीं है। यही तो बड़े डर की बात है।

जब देवदास बैलगाड़ी पर चढ़ बैठा, तब माँ की बात सोचकर उसकी आँखों में आँसू छलक आए। और एक स्नेह-भरा कोमल मुँह आज जीवन के अन्तिम पल में अत्यन्त पवित्र होकर दिखाई पड़ा। वह मुँह चन्द्रमुखी का है। जिसे पापिनी मानकर उसने हमेशा नफरत की है, आज उसी को माँ की बगल में गौरव के साथ उभरता देखकर उसकी आँखों से टप-टप करके आँसू टपकने लगे। इस जीवन में अब मुलाकात नहीं होगी। हो सकता है, बहुत दिनों तक उसे यह खबर भी न मिले। तब भी पार्वती के पास जाना होगा। देवदास ने कसम खाई थी कि वह और एक बार उससे मिलेगा ही। आज उसे अपनी यह प्रतिज्ञा पूरी करनी ही पड़ेगी। रास्ता अच्छा नहीं है। बरसात का पानी कहीं रास्ते में जमा है, तो कहीं रास्ता टूट गया है। सारा रास्ता कीचड़ से भरा हुआ है। बैलगाड़ी घर्र-घर्र करती हुई चली। कहीं उतरकर पहियों को धकेलना पड़ा, कहीं दोनों बैलों को निर्दयतापूर्वक मारना पड़ा। चाहे जैसे भी क्यों न हो, यह सोलह कोस की दूरी तय करनी ही होगी। ठंडी हवा सरसराती हुई बह रही थी। आज भी शाम के बाद उसे जोरों का बुखार आया। उसने डरते हुए प्रश्न किया–''और कितनी दूर है?''

गाड़ीवान ने जवाब दिया–''अभी भी आठ-दस कोस दूर है बाबू।''

''तू मुझे जल्दी ले चल भाई। मैं तुझे बहुत रुपया बख्शिश दूँगा।'' उसकी जेब में सौ रुपए का एक नोट था, उसे ही दिखाते हुए उसने कहा–''मैं तुझे सौ रुपए दूँगा। तू मुझे जल्दी ले चल।''

उसके बाद देवदास यह जान भी नहीं सका कि कैसे किधर से रात बीत गई। वह जड़वत् अचेत रहा। सवेरे जब उसे होश आया, तो बोला–''अरे, और कितनी दूर है? यह दूरी क्या कभी खत्म नहीं होनेवाली है?''

गाड़ीवान बोला–''और भी छह कोस दूर है।''

देवदास ने आह भरकर कहा–''जरा जल्दी चल भाई, अब तो समय नहीं है।''

गाड़ीवान समझ नहीं सका। लेकिन नए उत्साह से वह बैलों को हाँककर गालियाँ देता चला। गाड़ी तेज रफ्तार से चली जा रही है। अन्दर देवदास छटपटा रहा है। सिर्फ लग रहा है, उससे मुलाकात होगी न? मैं वहाँ पहुँचूँगा न? दोपहर में गाड़ी रोककर गाड़ीवान ने बैलों को खाना दिया, खुद खाना खाया और फिर गाड़ी पर चढ़ बैठा। बोला–''बाबू, तुम कुछ खाओगे नहीं?''

''नहीं भाई, मैं कुछ नहीं खाऊँगा। लेकिन मुझे बड़ी प्यास लगी है। तुम थोड़ा-सा पानी दे सकते हो?''

उसने रास्ते के बगल के तालाब से पानी ला दिया। आज शाम के बाद बुखार के साथ देवदास की नाक के अन्दर से लहू की बूँदें भल-भल करके गिरने लगीं। उसने जी-जान से अपनी नाक को धर-दबोचा। उसके बाद महसूस हुआ, दाँतों के बगल से होकर लहू बाहर निकल रहा है। दम लेने में भी वह हाँफने लगता है। उसने हाँफते-हाँफते कहा–"और कितनी दूर है?"

गाड़ीवान बोला–"और दो कोस दूर है। हम लोग रात के दस बजे तक वहाँ पहुँचेंगे।"

देवदास ने बड़ी मुश्किल से मुँह उठाकर रास्ते की तरफ निहारा और बोला–"भगवान!"

गाड़ीवान ने प्रश्न किया–"बाबू, आप ऐसा क्यों कर रहे हैं?"

देवदास इस बात का जवाब भी नहीं दे सका। गाड़ी चलती रही। लेकिन गाड़ी दस बजे न पहुँचकर रात के लगभग बारह बजे हाथीपोता के जमींदार के घर के सामने पीपल के पेड़ के नीचे आ पहुँची।

गाड़ीवान ने पुकारकर कहा–"बाबू, नीचे उतरो।"

कोई जवाब नहीं आया। उसने फिर पुकारा, तब भी जवाब नहीं मिला। तब वह डरकर लालटेन उसके मुँह के पास लाया–"बाबू, तुम सो गए क्या?"

देवदास निहार रहा है। होंठों को हिलाकर उसने न जाने क्या कहा, मगर आवाज नहीं निकली। गाड़ीवान ने फिर पुकारा–"ओ बाबू!"

देवदास ने हाथ उठाना चाहा, मगर उसका हाथ उठा नहीं। सिर्फ उसकी आँखों की कोरों से दो बूँद आँसू लुढ़क पड़े। गाड़ीवान ने तब अक्ल भिड़ाकर पीपल के पेड़ के नीचे बनी वेदी पर पुआल बिछाया। उसके बाद बड़ी मुश्किल से देवदास को उठा लाया और उस पर लिटा दिया। बाहर और कोई नहीं है। जमींदार का घर निस्तब्ध सोया हुआ है। देवदास ने बड़ी मुश्किल से अपनी जेब से सौ रुपए का नोट बाहर निकालकर उसे दिया। लालटेन की रोशनी में गाड़ीवान ने देखा। बाबू उसकी तरफ निहार रहा है, लेकिन बात नहीं कर पा रहा है। उसने हालत का अन्दाजा लगाकर नोट लिया और उसे अपनी चादर में बाँध रखा। शॉल से देवदास का मुँह तक ढका हुआ है। सामने लालटेन जल रही है। नया दोस्त उसके पैरों के पास बैठे-बैठे सोच रहा है।

भोर हुई। सवेरे जमींदार के घर से लोग बाहर निकले–एक अजीब दृश्य है। पेड़ के नीचे एक आदमी मर रहा है। शरीफ आदमी है। शॉल ओढ़ा हुआ है, पैरों में चमचमाते जूते हैं, हाथ में अँगूठी है। एक-एक करके बहुत-से लोग जमा हो गए। क्रमशः भुवन बाबू के कानों में यह बात पहुँची। वे डॉक्टर लाने को

कहकर खुद वहाँ आ पहुँचे। देवदास ने सबकी तरफ गौर से देखा, लेकिन उसकी आवाज रुँध गई थी। वह एक शब्द भी नहीं बोल सका। सिर्फ आँखों से आँसू लुढ़कने लगे। गाड़ीवान जहाँ तक जानता है, बताया। मगर इससे कोई सहूलियत नहीं हुई। डॉक्टर ने आकर कहा–"साँस चढ़ गई है। वह अभी मर जाएगा।"

सबने कहा–"आह!"

ऊपर बैठी पार्वती ने जब यह कहानी सुनी, तो बोली–"आह!"

कोई दया करके उसके मुँह में एक बूँद पानी डाल गया। देवदास ने उसकी तरफ करुण दृष्टि से गौर से देखा, उसके बाद उसने अपनी आँखें मूँद लीं। और भी थोड़ी देर तक वह जिन्दा था। उसके बाद सब खत्म हो गया। अब कौन उसका दाह-संस्कार करेगा, कौन उसे छूएगा, वह किस जात का है, आदि बातों को लेकर बहस छिड़ी। भुवन बाबू ने नजदीक के थाने में खबर दी। इंस्पेक्टर आकर जाँच-पड़ताल करने लगा। पता चला कि प्लीहा-लीवर की बीमारी से उसकी मौत हुई है। नाक और मुँह में खून के दाग हैं। उसकी जेब से दो चिट्ठियाँ निकलीं। एक तालसोनापुर के द्विजदास मुखर्जी ने बम्बई के देवदास को लिखी थी। उसमें लिखा था–रुपया भेजना अभी सम्भव नहीं है। दूसरी, काशी से हरिमती देवी ने उसी देवदास मुखर्जी को लिखी थी, जिसमें लिखा था–"तुम कैसे हो?"

बाएँ हाथ में गोदना से अंग्रेजी में नाम का पहला अक्षर लिखा हुआ है। इंस्पेक्टर ने जाँच-पड़ताल करके कहा–"हाँ, यह आदमी देवदास ही है।"

उसके हाथ में नीलम जड़ी अँगूठी है, जिसकी कीमत अन्दाजन डेढ़ सौ रुपए है और ओढ़ी हुई दो शॉलों की कीमत अन्दाजन दो सौ रुपए है। इंस्पेक्टर ने कपड़े-लत्ते आदि का विवरण भी लिख लिया।

चौधरी जी और महेन्द्रनाथ दोनों ही वहाँ मौजूद थे। तालसोनापुर का नाम सुनकर महेन्द्र बोला–"छोटी माँ के मायके का आदमी है। अगर वे देखेंगी..."

चौधरी जी ने डाँट दिया–"वह क्या यहाँ मुर्दे की शिनाख्त करने आएँगी?"

इंस्पेक्टर ने मुस्कुराकर कहा–"यह कोई पगला होगा?"

ब्राह्मण की लाश है, तो भी देहात के किसी ने उसे छूना नहीं चाहा। लिहाजा डोम आकर लाश को बाँधकर ले गया। उसके बाद किसी ने सूखे तालाब के तट पर लाश को आधा जलाकर छोड़ दिया। कौवे-गिद्ध अधजली लाश पर आ बैठे। सियार और कुत्ते अधजली लाश को लेकर झगड़ने लगे। तब भी जिसने यह सुना उसी ने कहा–"आह!" नौकर-नौकरानियाँ भी बातें करने लगे–"आह, शरीफ आदमी था। बड़ा आदमी था। दो सौ रुपए की शॉल थी, डेढ़ सौ रुपए की अँगूठी

थी। वह सब अभी इंस्पेक्टर के जिम्मे है। दोनों चिट्ठियों को भी उन्होंने अपने पास रखा है।"

यह खबर सवेरे ही पार्वती के कानों में पहुँची तो थी, लेकिन चूँकि किसी भी विषय में आजकल वह अपना मन नहीं लगा सकती थी। इसलिए इस बात को वह ठीक-ठीक समझ नहीं पाई है। मगर सबकी जबान पर जब यह बात है, तब पार्वती को भी खासतौर पर यह बात सुनाई पड़ी। शाम के पहले उसने एक नौकरानी को बुलाकर कहा—"क्या हुआ है री? कौन मर गया?"

नौकरानी बोली, "आह, कोई यह नहीं जानता है माँ। यह उसके पूर्वजन्म की खरीदी धरती थी इसीलिए वह यहाँ मरने आया था। ठंड में, ओस में वह रात से ही पड़ा हुआ था। और दिन के नौ बजे वह चल बसा।"

पार्वती ने आह भरी और पूछा—"आह, पर वह कौन था, यह मालूम नहीं हो सका?"

नौकरानी बोली—"महेन बाबू सब जानते हैं। मैं इतना नहीं जानती माँ।"

जब महेन्द्र को बुलाया गया, तो उसने कहा—"वह तुम्हारे मायके के गाँव का देवदास मुखर्जी था।"

पार्वती महेन्द्र के बहुत करीब हट आई, उसने उस पर तीखी निगाहें डालकर पूछा—"कौन था? देव भैया था? तुमने कैसे जाना?"

"उसकी जेब में दो चिट्ठियाँ थीं, एक–द्विजदास मुखर्जी ने लिखी थी और दूसरी काशी की हरिमती देवी ने लिखी थी..."

पार्वती ने रोकर कहा—"हाँ, वे उसके बड़े भाई हैं।"

"हाँ, वे उसकी माँ हैं।"

"हाथ पर गोदने से नाम लिखा था।"

पार्वती बोली—"हाँ, जब वह पहली बार कलकत्ता गया था तब उसने अपने हाथ पर गोदने से नाम लिखवाया था।"

"एक नीली अँगूठी थी।"

"जनेऊ के समय ताऊजी ने उसे वह अँगूठी दी थी। मैं जाती हूँ..." कहते-कहते पार्वती दौड़कर नीचे उतर गई।

महेन्द्र ने हक्का-बक्का होकर कहा—"ओ माँ, कहाँ जाती हो?"

"देव भैया के पास।"

"वह तो अब नहीं रहा। डोम उसकी लाश ले गया है।"

"अरे बाप रे!" इतना कहकर रोते-रोते पार्वती भागी। महेन्द्र ने भागकर सामने आकर रोका और कहा—"तुम क्या पागल हो गई हो माँ? कहाँ जाओगी?"

पार्वती ने महेन्द्र की तरफ तीखी निगाह डालकर कहा–"महेन, तुमने क्या मुझे सचमुच पागल समझा है? रास्ता छोड़ो।"

उसकी आँखों की तरफ निहारकर महेन्द्र ने रास्ता छोड़ दिया और चुपचाप उसके पीछे-पीछे चला। पार्वती बाहर निकल गई। बाहर तब भी नायब और गुमाश्ता काम कर रहे थे। उन लोगों ने नजरें उठाकर देखा। चौधरी जी ने चश्मे के ऊपर से निहारा और कहा–"कौन जा रहा है?"

महेन्द्र बोला–"छोटी माँ।"

"यह तुम क्या कह रहे हो? वह कहाँ जा रही है?"

महेन्द्र बोला–"देवदास को देखने।"

भुवन चौधरी चिल्ला उठे–"तुम लोग सबके सब क्या पागल हो गए? पकड़ो, पकड़ो, पकड़ लाओ उसे। वह पागल हो गई है। ओ महेन, ओ छोटी बहू!"

उसके बाद नौकर-नौकरानियाँ मिलकर मूर्च्छित पार्वती को उठा लाए और उसे घर के अन्दर ले गए। अगले दिन उसकी मूर्च्छा टूटी, लेकिन उसने कोई बात नहीं की। उसने एक नौकरानी को बुलाकर सिर्फ पूछा–"वे रात में आए थे, न? सारी रात...।"

उसके बाद पार्वती चुप रही।

मैं यह नहीं जानता कि अभी इतने दिनों में पार्वती का क्या हुआ है और वह कैसी है। यह खबर लेने को भी जी नहीं चाहता है। सिर्फ देवदास के लिए बड़ा दुख होता है। तुममें से जो कोई यह कहानी पढ़ेगा, हो सकता है, वह मेरी ही तरह दुख पाए। तब भी अगर कभी ऐसे अभागे, असंयमी, पापी से परिचय हो जैसा अभागा, असंयमी, पापी देवदास था, तो उसके लिए जरा प्रार्थना करना, यह प्रार्थना करना कि और चाहे जो भी क्यों न हो, पर वैसी मौत उसी की क्यों किसी की भी न हो जैसी उसकी हुई। मरने में हर्ज नहीं है। लेकिन उस समय एक स्नेह भरा हाथ उसके माथे को छू सके, एक भी करुणा और स्नेह-भरा मुँह देखते-देखते उसके वैसे जीवन का अन्त हो। ताकि मरते समय किसी का भी एक बूँद आँसू देखकर वह मर सके!

●●●